U0671260

共和国故事

科 学 先 锋

——中国成功发射系列科学实验卫星

王金锋　编写

吉林出版集团股份有限公司

图书在版编目（CIP）数据

科学先锋：中国成功发射系列科学实验卫星/王金锋编. —

长春：吉林出版集团股份有限公司，2009.12

（共和国故事）

ISBN 978-7-5463-1886-8

Ⅰ．①科… Ⅱ．①王… Ⅲ．①纪实文学 – 中国 – 当代 Ⅳ．①I25

中国版本图书馆 CIP 数据核字（2009）第 237687 号

科学先锋——中国成功发射系列科学实验卫星

KEXUE XIANFENG　ZHONGGUO CHENGGONG FASHE XILIE KEXUE SHIYAN WEIXING

编写　王金锋

责任编辑　祖航　李娇　关锡汉

出版发行　吉林出版集团股份有限公司

印刷　三河市嵩川印刷有限公司

版次　2010 年 1 月第 1 版	2022 年 1 月第 10 次印刷
开本　710mm×1000mm　1/16	印张　8　字数　69 千
书号　ISBN 978-7-5463-1886-8	定价　29.80 元

社址　吉林省长春市福祉大路 5788 号

电话　0431 – 81629968

电子邮箱　tuzi8818@126.com

版权所有　翻印必究

如有印装质量问题，请寄本社退换

前　言

　　自 1949 年 10 月 1 日中华人民共和国成立至今,新中国已走过了 60 年的风雨历程。历史是一面镜子,我们可以从多视角、多侧面对其进行解读。然而有一点是可以肯定的,那就是,半个多世纪以来,在中国共产党的领导下,中国的政治、经济、军事、外交、文化、教育、科技、社会、民生等领域,都发生了深刻的变化,中国人民站起来了,中华民族已屹立于世界民族之林。

　　60 年是短暂的,但这 60 年带给中国的却是极不平凡的。60 年的神州大地经历了沧桑巨变。从开国大典到 60 年国庆盛典,从经济战线上的三大战役到经济总量居世界第三位,从对农业、手工业、资本主义工商业的三大改造到社会主义市场经济体制的基本确立,从宜将剩勇追穷寇到建立了强大的国防军,从废除一切不平等条约到独立自主的和平外交政策,从"双百"方针到体制改革后的文化事业欣欣向荣,从扫除文盲到实施科教兴国战略建设新型国家,从翻身解放到实现小康社会,凡此种种,中国人民在每个领域无不留下发展的足迹,写就不朽的诗篇。

　　60 年的时间在历史的长河中可谓沧海一粟。其间究竟发生了些什么,怎样发生的,过程怎样,结果如何,却非人人都清楚知道的。对此,亲身经历者或可鲜活如昨,但对后来者来说却可能只是一个概念,对某段历史的记忆影像或不存在,或是模糊的。基于此,为了让年轻人,特别是青少年永远铭记共和国这段不朽的历史,我们推出了这套《共和国故事》。

《共和国故事》虽为故事,但却与戏说无关,我们不过是想借助通俗、富于感染力的文字记录这段历史。在丛书的谋篇布局上,我们尽量选取各个时代具有代表性或深具普遍意义的若干事件加以叙述,使其能反映共和国发展的全景和脉络。为了使题目的设置不至于因大而空,我们着眼于每一重大历史事件的缘起、过程、结局、时间、地点、人物等,抓住点滴和些许小事,力求通透。

历史是复杂的,事态的发展因素也是多方面的。由于叙述者的视角、文化构成不同,对事件的认知或有不足,但这不会影响我们对整个历史事件的判断和思考,至于它能否清晰地表达出我们编辑这套书的本意,那只能交给读者去评判了。

这套丛书可谓是一部书写红色记忆的读物,它对于了解共和国的历史、中国共产党的英明领导和中国人民的伟大实践都是不可或缺的。同时,这套丛书又是一套普及性读物,既针对重点阅读人群,也适宜在全民中推广。相信它必将在我国开展的全民阅读活动中发挥大的作用,成为装备中小学图书馆、农家书屋、社区书屋、机关及企事业单位职工图书室、连队图书室等的重点选择对象。

编　者
2010 年 1 月

四、再创新篇

一、 起步研究

- 毛泽东说："当然啦，我们应该从小的搞起，但是像美国鸡蛋那样大的，我们不放。"

- 周恩来亲切地说："哟，这么年轻的卫星专家，还是小伙子嘛！还要好好学习，好好工作！"

批准实验卫星研制方案

1970 年 5 月，中国空间技术研究院召开现场会。在这次会议上，国防科工委按照"综合利用""一次实验，全面收效"的精神，提出了中国第二颗卫星的总体方案，并将这颗卫星命名为"实践－1"号。

"实践－1"号将要肩负空间科学探测和航天新技术试验的双重任务。

不久，技术研究院将"实践－1"号科学实验卫星方案汇报给了中央。

1970 年 8 月，中央正式批准了这个方案。从此，中国的"实践－1"号进入研制阶段。这时距离毛泽东提倡中国研制卫星已经 12 年了。

那是在 1958 年 5 月 17 日的八届二中全会上，一位代表提到了中国的人造卫星问题，会议气氛顿时热烈起来。毛泽东一边抽烟，一边认真听取代表们的发言。抽完一支烟时，毛泽东说话了。

"看样子，人造卫星把我们都搅得不得安生呀！苏联抛上去了，美国也抛上去了，我们怎么办？我们也要搞人造卫星！"

会场上一片寂静。大家都目不转睛地看着领袖，听着他那用湖南口音说出的每一个字。

毛泽东把手掌往外一推，提高声音说：

当然啦，我们应该从小的搞起，但是像美国鸡蛋那样大的，我们不放。要放我们就放他个两万公斤的！

毛泽东似乎被自己的话感染了，话音刚落，便呼地一下站了起来。其他代表更是情不自禁，站起来长时间地热烈鼓掌。

在毛泽东发出"我们也要搞人造卫星"的号召之后十多天，聂荣臻即根据周恩来的指示召集专门会议，责成中国科学院和国防部五院的负责人张劲夫、钱学森、王诤，组织有关专家拟定人造卫星计划。但卫星计划的进展十分缓慢，并且还曾一度停止。

20世纪60年代初，中国发展了最初的探空火箭，为以后的航天技术打下了良好的基础。

1965年前后，科学院及有关单位对研制卫星开展了许多预先研究。比如电源系统中太阳能电池片，镉镍电池的可靠组合，主动无源热控系统，百叶窗机构在真空状态下轴与轴之间的真空冷焊等关键技术。

一天下午，时任第七机械工业部一分院火箭总体部副主任的孙家栋正满头大汗地趴在火箭图纸上搞设计。这时，一位同志受上级委托专门来到了他的办公室，开门见山地说明来意：

为了确保第一颗人造卫星的研制工作顺利进行，中央决定组建中国空间技术研究院，由钱学森任院长。钱学森向聂荣臻推荐你了，根据聂老总的指示，决定调你去负责第一颗人造卫星的总体设计工作。

钱学森是孙家栋十分佩服的科学家，在孙家栋的眼里，钱学森是一位治学非常严谨又十分爱护年轻人的学者。这一次钱学森点将点到了自己，而且还是聂老总亲自批准的，孙家栋心里有说不出的激动。

不过孙家栋还是有些犹豫，因为自己是搞火箭的，却突然让自己改行搞卫星，不知道自己能不能干好。不过没有多少时间让他犹豫，服从国家分配是最好的选择。孙家栋没有提任何条件和要求，便扛着被卷和书箱去报到了。从此，他从火箭设计，走上了卫星总体设计的道路。

1967年12月，孙家栋主持了中国"第一星"技术方案的重新论证工作，确定"第一星"是试验卫星，命名为"东方红－1"号。

后经毛泽东主席批准，中国空间技术研究院正式成立，它掀开了中国空间事业新的一页。孙家栋在研究院担任飞行器总体部技术负责人。

1969年10月，孙家栋随钱学森到人民大会堂向周恩来汇报"东方红－1"号的研制进展情况。

钱学森首先汇报了卫星研制工程的总体情况，并向周恩来介绍了孙家栋。

周恩来很随和地问他年龄。孙家栋答："39 岁。"周恩来亲切地说：

> 哟，这么年轻的卫星专家，还是小伙子嘛！
> 还要好好学习，好好工作！

"东方红 – 1"号成功后，考虑到空间技术发展的需要，应该对长寿命应用卫星的一些关键技术，特别是对航天电源技术进行试验，孙家栋和承担"东方红 – 1"号卫星研制工作的技术人员，提出了以试验长寿命供电系统为主要任务的第二颗人造卫星方案设想。

随后，卫星各系统开展了方案设计及关键部件的试验工作。在孙家栋的主持下，中国第二颗人造卫星"实践 – 1"号卫星总体方案制定了下来。

方案设计充分继承了"东方红 – 1"号卫星的技术和经验，又充分应用了已有预研基础的一些新技术和新设备，同时简化了卫星研制程序。

在"东方红 – 1"号方案基础上制定的这个卫星总体技术方案和技术指标，使研制人员对卫星的用途更加清楚，对卫星工程指标也更加明白。

不久，方案获得中央批准，中国的科学试验卫星开始进入起步阶段。

开始研制"实践－1"号卫星

1968 年 8 月，中国的第二颗卫星"实践－1"号的研制工作拉开序幕。

虽然简化了整星的研制程序，但是"实践－1"号卫星又新添了许多仪器设备，所以还必须经过模样、初样、正样这三个阶段的研制生产。

研制生产工作由不同的科室分工合作，共同完成。

飞行器设计部遥测室主任陈宜元，主持设计长期遥测系统和电源系统的电路部分。设计完成后，在空间研究院上海科学仪器厂生产加工。

在设计生产过程中，陈宜元他们经历了许多艰难，最终还是保质保量地完成了任务。单就长期温控系统的研制，就进行了 1000 多次的试验，终获成功。

总设计师孙家栋更是全力以赴，投入到中国第一颗科学考察卫星"实践－1"号的紧张工作中去。

按照 1971 年 3 月初发射"实践－1"号的预定时间，卫星将要出厂运往发射场。在运往发射场之前，尚有大量事情要孙家栋去处理，孙家栋忙得连家都顾不上回了。

"实践－1"号初样星研制工作完成后，进入正样星检测阶段。在检测过程中，研究人员发现了两个大的问题。

一是卫星在模拟太阳光照射卫星北极进行热真空试验时发现，附舱I的温度比计算结果低了 15 度。附舱I的遥测设备如果长期在这个温度范围，必将影响正常工作。

这时，按照发射的总体进度，已经来不及对整星的热控设计进行更改了。当时有人提出是不是可以采用孙家栋在研制"东方红－1"号卫星时，所采用的串联电阻方式来解决。

经过大家商讨，否决了这个解决方法。因为太阳能电池的总供电功率不到 10 瓦，况且已经被各系统分配无余，显然是不可能的。如果不解决这个问题，整个发射计划就有可能被拖后腿。

在这个关键时刻，孙家栋的逆向思维又派上了用场。他眉头一皱，计上心来，提出设法把太阳的热量多吸收一点进入卫星，可以在卫星外壳体上的适当角度安装两片镀金板。

在诸多金属材料中，黄金具有吸收热量多、挥发热量少的特性，这两片"耳朵"便可以将太阳的热量吸收进入卫星内部，使卫星舱内的温度变化范围控制在设计要求之内。

第二个问题是应答机干扰。科研人员通过更换合适的应答机，使这个问题最终也得以圆满解决。

经过科研人员两年的刻苦攻关，我国的"实践－1"号终于要出厂了。"实践－1"号卫星继承了"东方红－1"号卫星的外形方案，也采用 72 面棱球体。不同的是，"实践－1"号卫星球体表面除了 28 块太阳能电池外，还多出了两片亮闪闪的"耳朵"，这是孙家栋的"绝招儿"。

根据研制的最初构想，这颗星的主要任务是试验太阳能电池供电系统、主动无源温度控制、长寿命遥测设备、无线电线路在空间环境下长期工作性能，以及测量高空磁场、X 射线、宇宙射线、外热流等空间环境参数。

孙家栋满脑子装的都是"实践－1"号卫星的事情。这天一大早，孙家栋就起床了。他的妻子魏素萍提醒他说："别忘了，再过两天就是年三十了。"孙家栋却根本没听见，含糊地答应了一声"知道了"，就匆匆忙忙擦了把脸，与同事一起乘坐吉普车前往北京西南郊的研究部门。

一天的时间一晃就结束了，孙家栋根本没觉得疲惫，工作的专注，让他把一切都忘了。大家又坐上吉普车，踏上了回家的路。

正当大家在颠簸的归途中静静地梳理着自己的思绪时，突然，吉普车载着连同司机在内的 10 个人，突然翻向路边很深的河沟，翻车位置就位于萧家河大桥的拐弯处。

大家还没搞清是怎么回事，就都在车里撞成了一团。按照常理，吉普车翻到那么深的河沟里，一定是灭顶之灾。万幸的是，车上的 10 个人无一人重伤，孙家栋裹着他一天到晚不离身的棉大衣，硬是没有受到一点损伤。

为了不让家人担心，况且又没出什么事，孙家栋回到家也就没把事情给家人讲。

直到第二天晚上，孙家栋的妻子魏素萍才得知了这件事，她被吓得浑身发抖。一见到孙家栋，她就迫不及待地说："你……你昨天出车祸了？为什么没告诉我？快让我检查一下！"孙家栋故作轻松地说："昨天检查过了，一点事都没有。"

魏素萍还是不依不饶，硬将丈夫拉进了卧室，以一个医生的缜密和妻子的细腻将丈夫全身上下查了个遍，然后长长地舒了口气，红着眼圈说："算你命大！那么深的沟，想想都后怕！"

随后，孙家栋又坐上火车专列奔赴卫星发射场了。

他这是要去执行中国第二颗卫星的发射任务，不知道此行是否顺利。

已是新年临近，但航天人心中对事业的热情远远超越了对传统节日的关注。

当时参加"实践－2"号试验的技术人员如同上战场一般，纷纷表决心、写保证书，放弃与家人过团圆年的机会，请求去几千里之外天寒地冻的塞外戈壁。

经过周密安排，试验发射的技术人员和解放军战士一起，护送着"实践－1"号卫星和"长征－1"号运载火箭出发。由北京到酒泉卫星发射中心是一段漫长的路，科研人员总感觉专列走得太慢了，大家恨不得一步就能跨到发射中心。

专列来到酒泉卫星发射中心后，在发射中心技术人员的大力协助下，航天试验队的技术人员马不停蹄，立

起步研究

即按测试计划，投入到对卫星和火箭的测试工作中去。

经过大家齐心协力的奋斗，终于赶在春节前把测试设备准备好了。伴随着新春的鞭炮声，大家迎来了一年一度的新春佳节。参加发射任务的人员在大年初一那天热热闹闹地吃了一顿饺子，然后，又立即回到了火箭、卫星的旁边。

当进行火箭模拟飞行试验时，控制系统计算装置的关机指令突然出现了异常。

大家通力合作，迅速查明是由于程序配电器转动产生电火花造成的。另外，连接陀螺加速度表的工艺电缆过长，也是其中的隐患。

孙家栋参加故障分析总结会，会后召集卫星有关人员开会，要求对火箭的故障进行举一反三的查找隐患，要在卫星的各个系统彻底消灭不安全因素，以确保卫星发射成功。

之后，孙家栋组织相关人员一起，对卫星与火箭进行了多个状态下的发射机与应答机无线电干扰试验。

通过试验，他们不仅掌握了无线电设备之间的相互干扰因素，而且摸清了干扰程度，为电子仪器的设计和改进提供了有益的经验。

在此基础上，为了确保卫星发射时跟踪测量的准确性，渭南测控中心又组织进行了卫星、火箭与地面测控设备的匹配模拟飞行试验，还用飞机装载上火箭和卫星的遥测、外测设备与地面设备进行校正飞行。

准确入轨却出现意外

1971 年 3 月 3 日，位于西北大漠的酒泉卫星发射场，寒风凛冽，一望无际的戈壁滩泛起了黄色的沙尘。傍晚时分，随着太阳缓缓下山，发射场上人们依然在紧张有序地进行着卫星发射前的最后准备。

20 时，发射场坪已空无一人，雄伟的火箭矗立在发射台上待命升空。高音喇叭里传来地下控制室调度指挥员的口令：

1 分钟准备！

20 时 3 分，指挥员发出口令：

点火！

随着火箭底部喷发的橘红色火焰，传来了惊天动地的轰隆声。只见火箭携带着"实践 – 1"号卫星腾空而起，向茫茫天际飞去。

20 时 12 分，测控系统传来消息：

卫星准确入轨！

"实践－1"号卫星进入近地点266公里，远地点1826公里的预定椭圆轨道，卫星倾角69.9度，周期106分钟，完全符合预定指标。

卫星入轨后，跟踪测轨系统工作良好，实现了及时预报轨道的要求。

人们开始欢呼了，发射指挥人员正不断与全国各地遥测站进行联系，了解卫星的进一步情况。

就在这时，却发生了意外！

"实践－1"号卫星入轨运行后，设立在全国各地的测量台站竟然都接收不到卫星发送的遥测信号。入轨后的卫星成为无法向地面发送信号的哑巴星！

这一现象令科技人员十分焦虑，孙家栋更是焦急万分。他与同事们立即分析原因，希望尽快找到故障的所在。

毕竟卫星在天上，人在地面上。卫星在地面的检测都没什么问题，上天以后却出现这样的故障，孙家栋一时间分析不出原因。

根据接收"东方红－1"号卫星信号的经验，20兆赫遥测无线电波可沿着电离层滑行到很远的地方，甚至在卫星运行一圈70的时间内都能收到信号。

但是，这次却一反常态，卫星入轨后第一圈、第二圈都没有收到任何的遥测信号，这大大出乎人们的意料。

第二天上午，当卫星再次进入中国上空与接收站距离很近时，才接收到了微弱的短期遥测信号。然而，这个信号只能勉强调解出数据，而长期遥测信号则被淹没在一片噪声之中。

这时，正在渭南测控中心的六部副部长王恕也非常紧张。

一年前发射"东方红－1"号卫星时，控制计算机站和通信站尚未建成，对卫星进行跟踪测量的测控中心是在东风场区的28号。

现在已经建立了计算机控制站和通信站，但却没有信号，怎能不让人揪心，所有有关人员都在思考，问题到底出在哪里？

哑巴星成为长寿星

"实践－1"号卫星发射前，基地考虑到渭南测控中心尚未经过考验，有些方面还不完善，打算仍以基地28号为测控中心，但王盛元、王恕、何日升等几位六部领导求战心切，一再要求把测控中心放在渭南。为此，他们还向基地司令员李福泽立下了"军令状"。

可现在，卫星已经在天上转了好几圈了，却发现遥测信号不能正常接收。虽然经过检查分析，排除了是地面测控网的问题，但不管怎么讲，作为测控人员来说，信号接收不正常，就毫无疑问地意味着失败了。

这时，渭南测控中心的电话铃声响了起来，旁边有人刚一拿起电话，便传来李福泽重重的声音："找王恕！"

王恕刚刚接过耳机，李福泽劈头就问："怎么样了？信号正常没有？"

"还没有，司令员。我们正抓紧处理短期遥测数据，但有一点可以肯定，是卫星本身出了毛病。"

"周总理又打电话催问情况了。你告诉大家，要沉着一点，各个观测站连续观测，尽快拿出结论来。"

在北京的周恩来也很焦急，他拿着本应第二天就发布的新闻公报，连夜向毛泽东作了报告。

毛泽东沉吟了一会儿后，挥挥手说：

公报暂不发表，或近期不发表。

3月4日19时，孙家栋带领几位同志驱车来到北京京西宾馆，参加国防科委主持召开的紧急会议，专题研究讨论"实践－1"号卫星出现的问题和解决方案。

经过分析，初步认为故障原因是末级火箭与卫星没有实现成功分离，遥测天线不能正常伸张，致使遥测信号不能正常发送。

"实践－1"号卫星在浩瀚的太空中漫游，地面人员却不知道它的具体位置和工作状况，几天时间里，卫星曾经几十次飞过了中国上空，但因为接收不到星上遥测信号，只能静静等待卫星信号的出现。

3月11日，测控人员在度过了8个不眠之夜后，奇迹出现了。正当地面人员仔细捕获监听时，突然在嘈杂的无线电信号中出现了一个大家亲切熟悉的信号，并且信号越来越强，越来越趋于正常。

经过判断，这信号果然就是几天来大家期盼等待的卫星的长期和短期遥测信号！

测控人员经过分析判断，最终得出了结论：原来卫星入轨后，虽然解锁螺栓已经起爆，但卫星和火箭第二级却未能立即分离，遥测天线未能伸展。卫星运行了许多圈后，才实现了星、箭分离，天线随即展开，遥测信号恢复正常。

3月20日，天文台观测到卫星与运载火箭分离的确切情况，进一步证明了测控人员分析的正确性。一场虚惊之后，大家把一颗悬着的心放了下来。

"实践－1"号卫星正常运行，新华社发布了早就拟定好的新闻公报。

卫星正常运行，多年前的多项预研成果得到了验证和成功应用，使用太阳能电池与镉镍电池联合供电系统，突破了卫星的长期供电技术，为后续应用卫星奠定了良好的基础。

同时，"实践－1"号成功实现了百叶窗机构的主动无源热控系统和低功耗小型遥测系统，探测了空间磁场和空间带电粒子的空间分布，获得了我国地区上空及其附近区域内，辐射带下边缘区域的位置和特征。

在"实践－1"号卫星运行期间，卫星不断发回各种遥测信号，太阳能电源系统、热控系统以及长期遥测系统的性能一直保持良好，经受住了长期空间环境的严峻考验，从而以其寿命长、可靠性高而引人注目。

这些，在令科技人员高兴之余，又使人感到颇有些意外。

"实践－1"号卫星是中国第一颗长寿命卫星。原计划在轨道工作1年，但实际上工作了8年的时间，大大超过了设计指标。这项成果在国内和国际曾引起了广泛注意。

二、 快速发展

● 张爱萍当即严肃地说："卫星和火箭的技术状态要冻结，已经定型了嘛！不经批准，绝不允许轻易变动。"

● 新华社对外公布了这一消息："1981 年 9 月 20 日，我国成功地发射了一组空间物理探测卫星。"

提出"实践-2"号星研制初案

1971年3月,"实践-1"号卫星发射成功以后,我国开始着手考虑空间物理探测卫星的研制。

一个月后,"实践-2"号作为我国第一颗专用于空间物理探测的科学实验卫星,被列入当时的国家计划。

以国防部五院为基础成立的第七机械工业部,责成空间技术研究院总体设计部和空间物理所,对"实践-2"号卫星的探测任务、探测仪器和卫星的技术途径等进行调查研究。

根据最初的设想,"实践-2"号卫星拟安排高空磁场、质子、电子、地球—大气红外辐射背景、地球—大气紫外辐射背景、太阳紫外辐射、太阳X射线、高空中性大气密度,共8个空间物理探测项目。

空间技术研究院总体设计部和空间物理所准备通过这8个项目的进行,对空间物理现象进行初步的综合性观测,为太阳活动预报和太阳活动峰年的观测积累经验,提供数据,也为应用卫星提供了高空物理背景参数。

除此之外,还要进行许多新技术项目的试验,有些技术试验是为后来研制通信、气象、地球资源、广播等卫星提供准备的。

1973年5月,在卫星设计部主任钱骥的主持下,设计师王振寅等人进行了"实践－2"号卫星方案的设计工作。经过了一年多的反复研究、论证，在 1974 年 9 月，他们提出了设计方案。

根据设计方案，最终确定新的卫星是一颗物理探测兼新技术试验卫星。星上准备装载 11 种科学仪器。根据探测任务的需要，卫星轨道需要尽量低一些，但是轨道太低，又会由于大气摩擦增大，导致卫星寿命大大减小。

综合各方面考虑，方案确定"实践－2"号的运行轨道为：近地点高度 250 公里，远地点高度 3000 公里，倾角为 70 度，工作寿命半年。

"实践－2"号卫星有实时遥测和延时遥测两种手段。当卫星在中国上空时，可以让卫星一边测量，一边传输数据，由地面站接收，这种方式称为实时遥测。

而当卫星飞到国外的上空的时候，中国的遥控站就不能实现跟踪，这时就要求卫星把测量的数据储存起来，再次来到中国的上空时，由地面站进行遥控接收。这种方式叫延时接收。延时接收是一种新技术，在我国卫星上是第一次应用。

当时，还确定了"实践－2"号的运载火箭是"长征－1"号。这颗卫星和已经发射的两颗卫星一样，实行一枚火箭发射一颗卫星的方式。

确定一箭三星新方案

1977年夏，经过全面权衡，科技人员提出了"一箭多星"的设想，并建议用"风暴–1"号运载火箭发射多颗"实践–2"号卫星。

这就重新确定了"实践–2"号卫星的发射方案，将原定的"长征–1"号改为了"风暴–1"号。

"风暴–1"号火箭是由上海航天技术研究院抓总研制的，当时的上海航天技术研究院叫上海机电二局。该火箭是两级液体火箭，推进剂采用四氧化二氮和偏二甲肼，其主要用于发射低轨道人造卫星。

为了研制"风暴–2"号，研究院付出了很大牺牲。他们研制出来的"风暴–2"号具有强大的载荷能力。

实现一箭多星发射，需要两个条件，一是具有较大推力的运载火箭，二是要掌握稳定可靠的星箭分离技术。

当时的中国已经具备了这两个条件。"风暴–1"号运载火箭具有把1吨以上的有效载荷送入近地轨道的能力，远远超过"实践–2"号的重量，这在"长征–1"号的发射中已得到了证明。

另外，运载火箭的级间分离、整流罩分离和卫星与火箭的分离也都多次获得了成功，没有发生过任何故障。

经过科研工作者的反复论证，决定用"风暴–1"号同时发射两颗卫星："实践－2"号和"实践－2甲"号。

1977年底，国防科委在听取了关于用"风暴－1"号火箭发射两颗卫星的技术方案后，及时召开了由有关单位参加的总体协调会。

在这次会上，科研工作者又提出了再加一颗卫星的想法。经过大家共同商议决定，又给"风暴－1"号增加了一颗"实践－2乙"号卫星的任务。

"一箭三星"在当时的中国还是第一次，在国际上也不多见。为了做到一次成功，科研人员做出了很大努力。

他们首先研究了美国和苏联用一枚火箭同时发射多颗卫星的资料。经过多次论证，他们认为，在中国进行"一箭三星"是可行的，中国已经具备了这种实力，这将有助于我国航天事业的发展。

这样，用一枚"风暴－1"号运载火箭同时发射"实践－2"号、"实践－2甲"号、"实践－2乙"号3颗卫星的决策便水到渠成，成为大家共同的目标。

在基本方案确定以后，有关部门便正式向火箭卫星的研制者们提出要求：

在一年或一年稍微多一点的时间，完成"一箭三星"的发射任务。

按照新方案，中国开始了"一箭三星"的伟大尝试。

新型火箭研制成功

1969 年 8 月 14 日，周恩来在接见国防工业、国务院国防工业办公室、解放军国防科学技术委员会、七机部和上海市有关负责人时，代表党中央做了重要指示：

> 上海不仅可以搞导弹，也可以搞火箭和卫星，还可以搞洲际导弹。

根据周恩来的这一指示精神，1969 年 10 月 31 日，中共中央、国务院、中央军委向上海下达了"701 工程"任务，任务中主要包括出上海抓总研制火箭和卫星。火箭取名为"风暴－1"号，卫星取名为"长征－1"号。

"风暴－1"号的原型是七机部一院正在研制的远程地地导弹，改型后为二级火箭。当时定名为"701 工程"，其含义是 1970 年的第 1 号任务，上级要求一定要在 1970 年完成初样。

任务明确后，上海立即抽调一批骨干去七机部学习，调集图纸资料，随后七机部还支援了上海一些技术人员。

在中央各专委的支持和调度下，上海航天基地的改建和技术充实很快就调动起来了，各种专门人才和机器设备以及各类需用的军需物资，源源不断地调集到在上海秘密建设的新航天基地里来。很快，一切都逐步运转起来，近 300 个相关单位都聚集在一起，为着一个目标，全速运转起来。

上海不愧为基础雄厚的老工业基地，它拥有着一大批科技人员，以及技术熟练的技术工人和技术干部，他们为攻克"风暴－1"号的技术关键作出了重大贡献。

尽管上海当时还没有搞大型火箭和卫星的经验，有些条件也不怎么具备。但科研人员靠自力更生、艰苦奋斗、白手起家的精神投入工作。

当时火箭上的一种叫 AK－8 材料的焊接攻关，就充分体现了社会主义相互支援、相互协作的精神。

该材料焊接性能差，焊接系数低，对焊接应力很敏感。但因其强度高，可以提高运载火箭的性能。

焊接这一关的突破，成了这种材料能否选用的决定性因素。当时进行技术攻关主要把目光放在了焊条上，搞得上海焊条厂为新江机器厂试制了各种配方的焊条，不下几十种，但收效甚微。

AK－8 焊接关成了"风暴－1"号研制过程中的拦路虎。为了突破这个难关，上海市领导决定，调集上海有名的焊接大王、全国劳动模范唐应斌和龚春南等 5 人，对 AK－8 焊接进行攻关。

这些焊接大王果然功夫不凡，他们仅用了一个月左右的时间就取得了明显效果，经他们焊接过的这种材料，打压试验基本通过。原来他们没有把眼光盯在焊条上，而是把攻关方向和精力集中在如何减小焊接变形和内应力上，抓住了 AK－8 焊接关键的本质和主要矛盾。他们用 AK－8 剪切下来的线材当焊条，一举突破了这一焊接关，创造了特种材料焊接领域内的一个奇迹。

由于计算机技术在当时还不十分普及，熟悉的人不多。而"风暴－1"号的计算工作和软件工作量很大。所以一开始就从华东计算机研究所抽调了四五位技术骨干充实总体，大大提高和促进了"风暴－1"号的软件编制和计算工作。

最后，又遇到了一道难关，就是弹道的程序设计问题。由市"701"办公室向上海计算中心求援，才解决了问题，从此弹道计算软件全部配套。

那时，工程进展的速度非常快。上海在短时间内就形成了大型运载火箭的设计、生产和试验力量。从设计、生产准备和试制，到第一台发动机试车，仅用了 4 个月时间。

随后又进行了发动机四机并联试车、箭体结构静力试验和增压输送系统试验等一系列大型试验，从开始到整发热试车火箭总装出厂，仅用了 11 个月。在当时的科技情况下，这样的速度，真是奇迹。这是只有在全国人民集中力量办大事的前提下才能实现的创举！

上海市火箭研制单位虽然技术基础较好，但搞大型火箭也还是第一次。为了检验全箭设计方案的合理性和发动机系统的可靠性，1970 年 12 月至 1971 年 3 月，曾在酒泉场区进行了全箭热试车，解决了所能发现的一切问题。

热试车完成后，还要进行火箭的飞行试验，火箭研制人员就"风暴－1"号飞行试验问题向国务院做了汇报。

1972年3月20日，周恩来批签了"风暴－1"号运载火箭进行飞行的试验报告。3月30日，国防科委下达了迎接"风暴－1"号遥测火箭进入试验场进行飞行试验的通知。

基地副司令张勇志和副政委高震亚受命，带领工作组赴酒泉场区，实施现场组织指挥。

当时，基地领导与上海试验队共同组成了试验临时党委，张勇志为书记，高震亚和上海试验队领队孙志传为副书记。委员有第一试验部的石荣屺、王品渠和上海市机电二局的张煜、杨坤几位同志担当。

1972年4月14日，"风暴－1"号正式进入试验场进行测试检查。当时，发现部件的故障特别多，几乎每件都要测上两次，有的甚至测四五次。另外，还要进行许多附加试验。

为了把好产品质量关，基地副司令员张志勇和石荣屺天天在阵地上。为了尽快找出问题，基地工作人员与上海试验队上下一心，畅所欲言。如果某一个问题经反复试验、检查还找不出原因时，大家也不相互推诿、埋怨，而是密切配合，使一个个问题都得到彻底解决。大家为了共同的目的，互相鼓励，夜以继日地团结奋斗。

经过 3 个多月的团结奋战，8 月初测试、合练基本结束，产品处于良好的射前状态。临时党委立即组织人员赴京向中央专委汇报。

基地和试验队一行 20 人乘飞机赶往北京，汇报"风暴－1"号研制情况。汇报在人民大会堂新疆厅进行。听汇报的有周恩来、李先念、叶剑英以及余秋里、粟裕、李德生、李达等领导同志。

当中央领导同志到会场时，汇报人员站起来鼓掌欢迎。周恩来与他们一一握手，亲切问候。随后，主要由上海试验队施金苗、王英玉汇报"风暴－1"号设计、生产的情况，由石荣屺汇报试验场区测试情况和发射准备工作情况。

周恩来听得很认真，问得也很细致。对一些技术问题，基地和上海试验队的技术人员都做了回答。有些问题，钱学森还做了专门解释。

周恩来说："仔细检查，一个螺丝钉，一根导线，漏了都要出问题。"他再三强调，一定要做到万无一失，有百分之百的把握才行。

周恩来因公务忙，没吃晚饭就按时来听汇报了，汇报中工作人员给他送来点吃的，他就边吃边听汇报。汇报一直到深夜，最后由总理拍板，定在 8 月 8 日发射。

7 日一早，20 个人乘飞机返回试验场，立即布置发射工作。各系统又仔细检查了一遍，大家还分头预想问题，进一步完善处置措施，坚决做到准确可靠。

为了做好 8 日上午的发射试验，进入加注程序后，几位领导同志分工把守，一天一夜都不曾合眼，唯恐哪个环节出问题。

8 日 5 时，进入 5 小时准备，火箭各系统工作正常，顺利完成推进剂加注。

就在大家松下一口气准备迎接最后的发射时，突然传来了火箭仪器舱陀螺平台出了问题的报告。基地领导立即来到现场，认真查找每项操作环节程序。

经反复研究，决定在不卸出推进剂的情况下更换备份零部件，重新测试检查。

当科研人员及时研究出了解决办法并报告了国防科委并中央专委后，国防科委很快转达了周总理的亲切慰问和指示，他要求大家一定要沉着、慎重，不要着急，检查测试正常了再发射。

在周恩来的关怀鼓舞下，技术人员经过 7 个多小时的紧张的工作，顺利地更换了备份零部件。

8 月 10 日 8 时 32 分，火箭平稳起飞，按规定程序飞行正常，地面各测量站跟踪良好。

当火箭在落区落地后，由张勇志带队，星夜奔波搜索。在兄弟部队和地方各族群众的帮助下，他们找回了一切需要找回的火箭残骸，连夜报告了北京，让周恩来和中央放心。

这次试验，经分析测定基本成功，验证了火箭总体设计方案基本正确，各系统工作协调，为正式发射卫星打下了扎实的基础，也为我国下一步发射重型人造卫星做了重要的技术准备。

从此，"风暴－1"号成为我国运载火箭家族中的重要成员。

1975年7月26日，由"风暴－1"号发射成功的"长征－1"号卫星，质量达1 107千克，为当时国内发射成功的最重有效载荷。

为了发射重型卫星并确保准确入轨，火箭总体和分系统设计单位，又从三个方面对火箭做了技术改进。

首先，大幅度减轻火箭结构质量，提高运载能力。经过一些改进后，火箭的运载能力一下提高了一倍。

为了确保入轨精度，研究人员通过对几百条弹道的分析研究，把制导方案改进为速度导引与高度导引结合的混合导引方案。

其次，研究人员还对测控系统进行了改进，确保了卫星入轨段测量的可靠性。

除此之外，还针对试验火箭研制、试验中暴露的问题采取了改进措施，加强了质量控制。

重型卫星上天，标志着我国航天事业的发展跨入了一个新阶段，意义重大。正是有了"风暴－1"号的出色表现，有关部门才决定改进"实践－2"号卫星方案的。

这对于从未进行过一箭多星的中国来说，依然是一个大胆的尝试。

攻克卫星技术难关

"一箭三星"方案确定下来以后，"实践－2"号卫星的研制已经进入初样阶段。

"实践－2"号甲乙两颗星有"实践－2"号做基础，也不是大的问题。所以摆在科研人员面前的最主要的问题，就是星箭协调问题、卫星跟踪测控问题以及星、箭、发射场、地面站四大系统之间的协调问题。

用一枚火箭发射几颗卫星，首先必须考虑如何进行连接的问题。这个连接一定要恰如其分，在火箭起飞的时候不能造成卫星脱落，在星箭分离的时候要分得干脆。并且这是 3 颗卫星，开始研制的时候，根本没考虑到还要给"实践－2"号带上两个"小兄弟"。

由于"实践－2"号占据着整流罩的位置，两颗附加星就要重新合理安排位置。通过火箭卫星设计人员商讨，合理设计了卫星结构，安排了 3 颗卫星的位置，还改进了稳定系统，使它具有更大的灵活性和宽裕度，解决了多星引出的火箭结构动力学问题。

经过火箭与卫星设计人员协商，具体操作是由卫星方面研制一个对接梁，然后将两颗卫星分别用爆炸螺栓与对接梁连接。终于，连接的问题成功解决了。

接下来，就要考虑分离的问题。"实践－1"号由于星箭分离不彻底而险些导致失败的经验让科研人员一直不敢忘记。这次可是要进行一箭多星发射试验，其分离技术显然更成了发射成败的关键。

在一箭三星的发射技术中，运载火箭与卫星安全可靠地分离是如此重要，不能不令科技人员异常担心。因为这3颗卫星中的"实践－2甲"号是后设计的，"实践－2"号与星箭对接梁之间的高频电缆分离插头也是新设计的，时间都比较匆忙，又无经验可供借鉴。

"实践－2"号的高频电缆分离插头一共有4个，是靠运载火箭第二级上的反推小火箭工作时，使"实践－2"号产生惯性力将其拨开的。

在做"实践－2"号卫星分离模拟试验时，曾经发生有一个高频分离插头的电缆被拉断，而插头与插座未分离的现象，这就表明，电缆是被对接梁下落时的重力拉断的，而在空间失重的情况下。电缆由于不受力，一旦插头不拨开，就有可能造成分离失败。

为此，卫星总体设计部始终将卫星分离作为重点项目来检查。天线设计人员和总体设计人员一起调整了高频电缆的松紧度，改进了插座的安装方法，进行了上百次的高额插头分离模拟试验。同时，为了保证安全可靠的分离，试验人员对发射场技术阵地的测试程序作了补充规定，要求对星箭有关部位作重点检查，从而克服了许多障碍，为后来卫星与火箭成功地分离奠定了基础。

设计人员还精心安排了卫星的分离程序，增加反推火箭的数量，调整反推火箭的位置，巧妙安排了"实践-2乙"号卫星的位置和分离方向，确保卫星分离时不发生碰撞，不被燃气污染，直到可靠地进入各自的轨道。

1978年3月，国防科委就卫星、运载火箭的研制、发射、试验、测控台站的跟踪测量和数据处理等问题，作了协调和部署，酒泉卫星发射中心和渭南测控中心按试验计划进行了设备调试。

为监视3颗卫星入轨时的分离情况和对3颗卫星同时跟踪测量，计算其运行轨道，渭南测控中心等单位对测控设备进行了技术改造，形成了对多目标实施拦截、跟踪和控制的多功能测控网。

另外，为了保证用1枚火箭成功发射3颗卫星，航天人还重新组织了全箭振动试验。通过试验，比较准确地掌握了多星状态下的结构动力学特性。

他们还通过严格控制惯性器件引起的误差和改进制导方法，提高了入轨精度；通过挖潜，进一步提高了火箭的运载能力，尽量提高卫星的轨道高度，以延长使用寿命。

利用1枚火箭发射3颗卫星，对于中国航天人来说，无疑是一个大胆的设想，当时在国际上除了苏联和美国外，还没有第三个国家进行过这样的尝试。中国航天人不畏艰难，刻苦攻关，3颗卫星按时保质保量地完成了，运载火箭"风暴-1"号也整装待发。

在一切预备工作做完以后，航天人开始期盼着中国的一箭三星一举成功发射。

第一次实施一箭三星发射

1979 年 6 月 15 日，在试验发射人员和武警官兵的护送下，中国的"实践－2"号、"实践－2 甲"号、"实践－2 乙"号卫星和"风暴－1"号运载火箭按时运抵发射基地。

炎炎盛夏，中国的航天人不顾天气的酷热，也不顾休息，他们心中都充满了说不出的自豪和激动。

一到基地，基地工作人员早已在大门口热情地等候，大家一齐动手，小心翼翼得像呵护宝贝一样把火箭卫星都逐个"请"了下来。

然后，大家马不停蹄，又进入紧张的安装调试工作状态中去。

7 月 28 日，在经过一个多月的紧张测试后，"一箭三星"在基地二号发射场"138 工位"进行首次发射。

在基地发射场东北方向的 23 号参观场，数以千计的参试人员和应邀前来参观发射的人们聚集在一起，翘首以待，热切注视着远处的发射架。

时间到了，只见发射架下骤然卷起一团浓烟烈火，运载火箭托着 3 颗凝结了无数科技工作者近两年心血的卫星，在一阵轰鸣声中起飞。几秒钟后，顺利转弯，在冲出大气层时，搅动出一道飞龙一般的烟柱。

遥测结果表明，火箭一级、二级主机工作正常，人们先是凝神屏息地紧紧盯着火箭，继而爆发出一阵兴奋的欢呼声。

但是，接下来发生的事情却立即给大家当头泼了一股冷水。"风暴－1"号运载火箭升空后5分20秒，由于其二级游动发动机涡轮泵发生故障，造成火箭在滑行段飞行中游动，发动机推力下降，直至起飞后297秒自行关机，造成火箭飞行姿态失控而凌空爆炸了。

3颗卫星和运载火箭毁于一旦，一箭三星第一次发射宣告失败。

又是质量问题！几年前，"风暴－1"号运载火箭首次发射返回式卫星，火箭升空后仅几十秒就姿态失稳，在发射场上空爆炸。这一回首次发射一箭三星，又遭受到了同样无情的自毁命运，上上下下无不感到痛心与警醒。在感到痛心的同时，研制发射卫星的人员都进行了深刻的反省。

这时，中央号召航天人不要灰心，要彻查第一次失败的原因，吸取教训，准备进行第二次发射。

经过一段时间的调整，航天人又开始为下一次发射做积极的准备。

推迟发射改进涡轮泵

　　1981年春节前后，是科研人员在一箭三星首战失利之后，重新确定的发射一箭三星的时间。

　　火箭方面的科技人员首先迅速查明了第一次发射发生事故的原因。原来这次发射失利问题主要出在火箭游动发动机涡轮泵上，为此，涡轮泵组的设计人员发奋攻关，不分昼夜，仅用44天就完成了设计改进。

　　改进后的涡轮泵采用了机械式、浮动式、气隔式三位一体的组合密封形式，涡轮转子改用高强度材料、加粗轴径、泵诱导轮装在同根轴上，三段涡轮壳体从焊接改为整体加工结构，改用高级轴承。

　　发动机总装组设计人员还把原来"坐"在主机推力室头部的涡轮泵搬到机架的悬臂梁上，构成独立的安装体系，增加了导管的柔性，并且采用两个支座，一端固定、一端滑移的安装方式。这些变动，使涡轮泵脱离了振源，变形可以得到补偿，并改善了涡轮泵的工作条件。

　　经过大量单项试验和三次涡轮泵联动试验，证明改进方案可行，接着进行一次500秒游动发动机热试车，一切正常。经过慎重研究，火箭方面科技人员决定进行一次游机与主机组合的二级发动机热试车。

　　联合试车开始点火，主机在200.1秒正常关机后，游动发动机继续工作直至 3 600 秒正常关机，这表明试验取得圆满成功。

1980 年 5 月 18 日，中国第一枚洲际导弹向太平洋发射所获得的胜利，使卫星方面科技人员备受鼓舞。他们昼夜奋战，于年底之前，将重新生产的"实践 – 2"号和"实践 – 2 甲"号各分系统仪器设备交付齐套，并进行了总装测试。

然而，总装测试人员很快发现，"实践 – 2"号双频发射机的质量不符合要求，随即决定，已经交付的两台设备返厂检修，并要求承制单位另外生产两台新的双频发射机。

这样一来，原定"一箭三星"进场发射的计划已经无法执行，只好往后推迟了。

张爱萍非常关心中国的卫星事业。在听取有关"一箭三星"质量复查情况的汇报时，张爱萍对一些研制单位出现的随意性问题非常生气。他当即严肃地说：

　　卫星和火箭的技术状态要冻结，已经定型了嘛！不经批准，绝不允许轻易变动。至于试验队伍，还是由原班人马参加发射，不得随意调换。这次试验要各负其责，严守纪律，谁出了问题，就打谁的板子！

1981 年 3 月 27 日，张爱萍亲自到空间技术研究院视察"一箭三星"的发射准备工作情况。

在卫星总装厂，张爱萍听取了关于3颗"实践－2"号卫星总装和测试情况的汇报，详细询问了研制工作中的许多技术问题，以及研制人员需要解决的生活方面的困难等。

在检查工作结束以后，为了更好地鼓励工作人员继续做好工作，树立必胜信念，张爱萍当场挥毫泼墨，写下了"飞翔太空"四个大字。张爱萍对中国卫星事业的关心，让科技人员深受鼓舞。

为了确保质量，科研人员进行了连续3次严格的质量复查。研制部门各系统对自己的每一台设备、每一个元器件，都进行了认真的测试，发现和排除了许多容易造成事故的隐患，对一些技术环节做了改进，大大提高了产品的可靠性。特别是第三次质量复查，为卫星的总装、测试以及后来的发射成功打下了基础。

1981年4月，国防科委下达了第二次"一箭三星"发射试验任务，要求把可靠性放在首位，扎扎实实地做好测试发射和跟踪测量等各项准备工作。

"实践－2"号、"实践－2甲"号开始进行重新组装。就在北京方面卫星组装、测试完毕之际，上海方面的"风暴－1"号又出现了问题。这样，原计划在1981年6月进行的发射只好再次推迟。

张爱萍得知这一情况后，十分重视，他当即指示说，要严格岗位责任制，产品状态不能随便改。并对那种喜新厌旧、不请求不报告等无组织无纪律现象，进行了严厉的批评。

七机部领导听说了这个情况，也十分重视，当即组织人马，对故障进行了认真分析。经过研究决定，问题不搞清，火箭就不能出厂。

经过火箭方面工作人员一段时间的共同努力，终于把火箭的问题给彻底解决了。

这次，中国的一箭三星又要进入发射场了。

完成发射的最后准备

1981 年 8 月 16 日至 18 日，重新研制出的"实践－2"号、"实践－2 甲"号、"实践－2 乙"号科学实验卫星和"风暴－1"号运载火箭在武警战士的护送下，先后运抵东风场区。参试发射人员也跟随专列，按时来到发射场。

基地随即组织各参试单位，逐台逐件地检查参试设备，并进行了认真测试，严格把关，以确保其工作的准确性、可靠性。为确保试验成功，又在严格检查星箭质量的基础上，重点对执行星箭分离的 42 个部件、59 个程序动作进行了一丝不苟的检查。

9 月 18 日，在顺利完成了发射前的检测，进入"5 小时准备"程序时，为保证在规定的发射窗口内顺利发射，基地指挥部对可能发生的故障进行了预想，提出了各种故障情况的对策，制定了发射预案。

同时，明确了卫星、火箭、航测系统、通信系统和气象条件五个方面允许发射的最低条件，规定了射前不同时间发生不同故障的应急措施。

实验卫星的发射是特别讲究发射窗口的，而每一个窗口所拥有的合乎条件的时间段又极为有限。一箭三星的发射窗口也是如此，必须根据几个方面的要求来综合

考虑确定。

对"实践－2"号来说，希望入轨就能"捕获"太阳，以便卫星实现对日定向，因此要求发射窗口为5时20分至14时。

从地面测控系统来说，由于卫星入轨后头几圈可以拥有最多的观测时机，因此希望发射时间为4时30分至5时30分。

"实践－2乙"号则要依靠光学跟踪观测，进入轨道时，地面观测站所在地太阳应在地平线下，而卫星又能受到太阳照射，故要求在5时至6时30分之间发射。

在洲际导弹全程试验中立下战功的基地气象人员，根据悉心整理出来的数以千计的气象资料，汇集全国各有关地区的天气情况，及时作出了气象预报。

根据他们的预报，在预定发射时间内，发射场区天气晴朗，风速在每秒4米以下。位于中国南方的卫星测控站和光学观测站所在地区也都属于晴到少云天气，无雷雨风暴。

中央对这次发射十分重视，指挥人员更是害怕再出任何疏漏，所以他们进行了反复认真的考虑，最后指挥员们认为，机不可失，时不再来，所以必须当机立断。

他们根据气象人员的预报情况，以及卫星试验的实际需要，经过综合考虑，最后将发射窗口确定为5时20分至5时30分，发射程序以此为基础进行设置。

一箭三星发射成功

1981 年 9 月 20 日，天色未明，基地二号发射阵地喧闹了一夜之后，渐渐沉静了下来。天幕上点缀着几颗清冷疏朗的星星，一闪一闪，悄悄地凝望着被许多架探照灯照得如同白昼的发射场。

5 时 28 分 40 秒，随着发射指挥员刘德普一声"点火"口令，"风暴－1"号运载火箭携带着 3 颗卫星，从发射台上拔地而起，熊熊火光在昏暗的天地间异常炫目。

从几十里以外的观测点望去，只见一条长长的火龙划破夜空，威风八面，伴随着像要撕裂天空一般的强大轰鸣，绝尘而去，整个场面蔚为壮观。

7 秒钟后，火箭掉头向东南方向飞去，又过了大约 3 分钟，才从人们视野中渐渐消失了。

火箭升空后，各种雷达、遥测天线、光学设备镜头，都一齐跟随着目标缓缓转动，录取测量数据。调度扬声器里不断传出"跟踪良好"的报告。

在北京，国防科委指挥所接连收到发射中心和测控中心传送的测量数据，并在大屏幕上显示出了弹道曲线和遥测参数。

火箭起飞后 7 分 23 秒，"实践－2 甲"号、"实践－2 乙"号卫星与"风暴－1"号运载火箭成功分离，又过了

3 秒，"实践 - 2"号与火箭分离，3 颗卫星顺利进入预定轨道。

"实践 - 2"号卫星与"风暴 - 1"号运载火箭第二级分离后，它的 4 块太阳能电池帆板随即展开，与卫星平齐。卫星姿态控制发动机开始工作，使卫星绕其纵轴旋转起来。紧接着，发动机使卫星的自旋轴逐步转向太阳，并保持自旋轴与太阳方向的夹角不超过 21 度，实现了整星对太阳的定向。

此后，卫星顶面和 4 块太阳能电池在太阳光照射下，输出电能。

地面收到卫星发送来的遥测数据表明，电源系统完全符合设计要求。卫星上其他各分系统，也都正常工作，12 台探测仪器性能稳定，双频发射机和遥测系统运转良好。

地面测控台站频频收到卫星发送回的大批实时遥测数据、延时遥测数据和调频遥测数据，并多次执行地面遥控指令。卫星反应敏捷，令行禁止，十分"驯服"。

就在"一箭三星"发射成功的当天下午，新华社对外公布了这一消息：

> 1981 年 9 月 20 日，我国成功地发射了一组空间物理探测卫星。这是我国首次用一枚运载火箭发射三颗卫星。卫星准确入轨，各系统工作正常，正不断地向地面发送各种科学探测和

试验数据。

中国航天人重整旗鼓，一路急进，终于实现了一箭多星发射技术的历史性突破！

这一重大的空间技术成就，不仅使中国继美国、苏联和欧洲空间局之后，成为世界上第四个能够用一枚运载火箭发射多颗卫星的国家，而且对中国航天技术的发展产生了积极影响。

一箭三星在空间探测和新技术试验方面取得的重要成果，很快便在随后的通信卫星发射中得到了功不可没的应用。

一箭三星成功后，根据国内要求，计划作了调整，上海地区停止"风暴－1"号的生产和研究，集中力量研制"长征－3"号的第一、二级火箭。"风暴－1"号成熟的技术，融入和延续到上海后来研制成功的"长征"系列火箭中。

"风暴－1"号火箭共进行了6次正式发射，4次获得成功，将6颗卫星送入预定轨道。一箭三星是"风暴－1"号的第11次发射，也是它最后的辉煌。

"风暴－1"号运载火箭的研制成果为我国航天事业作出了重大贡献，1985年，它以"液体地地战略武器及运载火箭"荣获国家科技进步特等奖。

三、 创造辉煌

● 国务院发来贺电："'长征-3甲'号新型运载火箭的发射成功，对于实现我国新一代应用卫星发展战略目标，扩大航天领域的对外交流合作，必将产生重大而深远的影响。"

● 马兴瑞在现场仔细查看后，信心满怀地说："大家不要担心，这是太阳翼力学环境条件的设置不合理造成的，只要采取有效的办法就可以避免。"

● 一位技术人员说："每次卫星的类型和运行轨道不同，所以卫星发射时我们活动站要去的地方也不一样。"

用新型火箭发射"实践－4"号星

1994 年 2 月 8 日 16 时 34 分，在西昌卫星发射中心，伴随着一声巨响，我国自行研制的新型运载火箭"长征－3 甲"号腾空而起，直奔太空。

20 多分钟后，西安卫星测控中心和太平洋上的"远望号"测量船监控结果返回到西昌卫星发射中心。监控结果表明："长征－3 甲"号所搭载的"实践－4"号卫星和模拟星进入地球同步转移轨道，首次发射试验便取得成功。

霎时，西昌卫星发射中心一片欢腾，为研制"长征－3 甲"号运载火箭和"实践－4"号卫星而付出心血的科学家们，脸上露出了欣慰的笑容。

"长征－3 甲"号是专门为发射我国新型通信广播卫星而研制的新型运载火箭，它在"长征－3"号运载火箭的基础上，采用了多项先进技术，火箭的运载能力由原来的 1.4 吨提高到 2.5 吨。这次运载"实践－4"号，是这种火箭的首次发射试验。

"长征－3 甲"号所搭载的"实践－4"号卫星，是中国科学院空间中心的卫星，卫星上装有 6 种探测器，用于空间环境探测和进行环境效应试验。几天以后，"长征－3 甲"号所搭载的"实践－4"号卫星向地面发回了一系列数据。

"长征－3甲"号首次发射成功后，国务院和中央军委立即向西昌卫星发射中心发出贺电。贺电说：

> "长征－3甲"号新型运载火箭的发射成功，对于实现我国新一代应用卫星发展战略目标，扩大航天领域的对外交流合作，必将产生重大而深远的影响。

早在1982年，具有远见卓识的中国航天人就已经在认真思考中国运载火箭下一步发展技术和规划问题了。航天人相继提出《长三甲火箭方案论证及运载火箭规划》《关于长三甲火箭研制方案的报告》等专题技术论证资料。

原航天工业部于1985年9月18至19日把"长征－3甲"号火箭提到议事日程，讨论了"长征－3甲"号火箭技术指标和技术途径问题。

原航天工业部向国务院上报了《关于加速发展航天技术的报告》，提出开展"长征－3甲"号火箭、"东方红－3"号通信卫星、"风云－2"号气象卫星、"资源一号"探测卫星的研制。

1986年5月3日，国防科工委发出《关于迅速开展广播通信卫星工程研制建设工作的通知》，航天科技集团公司中国运载火箭技术研究院1986年秋初步组建了"长征－3甲"号火箭研制队伍，拉开了"长征－3甲"号火箭研制工作的序幕。

1986年3月31日，国务院以"国发〔1986年〕41号"文件转批全国各省市、自治区，同意航天工业部提出的一箭三星规划，命名为"862"工程。

进入20世纪90年代，中国电视、广播、通信事业发展遇到严重的困难，原有的卫星已到期，而还没有新的通信卫星上天。十万火急中，国家启动巨额外汇租用"中星－5"号缓解了当时紧张的局势，同时，也把期待的目光转向中国运载火箭技术研究院，要求加快新一代大推力运载火箭的研制速度，为发射我国第二代大容量长寿命广播通信卫星"东方红－3"号提供运载工具。

时势造英雄，重负建伟业，为了"长征－3甲"号火箭的成功，研制队伍历经8年的艰苦鏖战。一个个不眠之夜，一次次过关夺隘，一场场拼搏会战，至今仍历历在目，刻骨铭心。

"长征－3甲"号火箭三子级动力系统试车是为首次发射铺平道路，奠定基础的一战。"长征－3甲"号火箭研制队伍的指挥者在三子级动力系统试车中果断地进行风险决策，创造了利用一发三子级火箭竖在试车台上连续进行3次点火试车的纪录，在实施过程中还决定在试车台现场对三级 YF－75 氢氧发动机进行氢泵与氧泵的更换工作，如此大胆的决策既赢得了一年多的研制周期，又为国家节省了数以千万计的研制经费。

3 次试车是在 1993 年 1 月到 4 月进行的,试车台位于突兀的山头,数九寒天的日子里,塔上的最高温度只有零下 5 度,参试人员在野外作业,大都冻得感冒发烧,但他们刚打过针吃点药又坚持上岗,在异常艰苦的环境下认真地安装各种导管,检查各种仪器,操作各种按钮,从没有人叫苦抱怨。百余名参试人员连续奋战四个多月,放弃元旦、春节两个传统假日与家人的团聚,经历了两次点火失败的考验,咬紧牙关,终于在第三次试车中取得成功,闯过了研制道路上的一大难关。

1994 年 2 月 8 日,是中国航天史上一个浓墨重彩的日子:"长征 – 3 甲"号火箭在青山环绕的西昌卫星发射中心进行首次发射,成功地把"实践 – 4"号科学探测卫星和一颗"夸父 1 号"模拟星送入预定轨道,实现了具有国际标准的一箭双星发射。这标志着我国运载火箭技术及运载能力有了大幅度的发展提高,展示出我国具有发射高轨道重型通信卫星的能力,为迎接我国广播通信卫星应用事业的崭新历史阶段奠定了坚实的基础。

建立小卫星公用平台

20 世纪 90 年代初期，国际上掀起了一股势头强劲的小卫星热。国家对这一充满活力的新兴产业给予了高度重视，将其列入著名的"863"计划。

小卫星与"大卫星"比较起来，具有投资少、重量轻、研制周期短、技术更新快等特点，适合国民经济发展及科学研究的需要。

作为我国卫星研制的"国家队"，中国航天科技集团公司空间技术研究院更是集中专门力量着手现代小卫星的研制开发工作，下决心占领小卫星市场。

在哈尔滨工业大学任职期间就致力于小卫星研究的马兴瑞，受命兼任中国第一颗现代小卫星"实践－5"号卫星的总指挥和总设计师。

马兴瑞先后在阜新矿业学院、天津大学和哈尔滨工业大学学习，是国务院学术委员会颁发的国家学位制度后的第一批博士生。

在哈尔滨工业大学读书期间，马兴瑞有幸师从著名的力学教授黄文虎。学习期间，他的钻研精神深得导师赏识。1988 年 3 月，凝聚着马兴瑞心血的博士论文一经发表，便立即得到了力学专业领域老学部委员们的高度评价，一时间好评如潮。

在获得博士学位后，马兴瑞留校任教，迅速显示出研究后劲，并很快进入学校首个博士后流动站工作。由于在科研、学术方面的成绩突出，1989 年 11 月，他被破格从讲师晋升为副教授。1991 年，又被破格晋升为教授，两年后，晋升为博士生导师。

当时马兴瑞年仅 34 岁，成为哈尔滨工业大学最年轻的博士生导师。他在 1991 年被国家教委认定为"作出突出贡献的中国博士学位获得者"，1994 年被认定为"部级有突出贡献的中青年专家"，1996 年被人事部授予"国家级有突出贡献的中青年专家"的称号，首批入选国家级"百千万人才工程"。

马兴瑞的知名教授梦似乎已触手可及。然而，1996 年 6 月的一纸调令，将毫无思想准备的他调到了中国航天科技集团公司空间技术研究院工作，担任分管预先研究、技术创新、发展规划等工作的副院长，同时还担任中国第一颗现代小卫星的总指挥和总设计师。

马兴瑞其实早就对小卫星研究充满兴趣，在哈尔滨工业大学任职期间，他就对国外小卫星的发展历程以及研制情况做过深入研究，对这个领域的动向与走势可谓了如指掌。从这个意义上说，他称得上是国内研究小卫星的先驱，也许正是这个原因，他才被选中担任中国第一颗现代小卫星的总指挥和总设计师。

这个新的多重身份，既让马兴瑞如鱼得水，也让他感到压力重重，在学校做教授与亲临前线指挥设计，还是有很大不同的。

"实践－5"号卫星是一颗应中国科学院要求研制的空间科学实验卫星，主要用于空间单粒子测量及对策研究试验、空间流体科学试验，以及载人航天工程的一些先期技术试验等，具有重要的研究与应用价值。

尽管国内是第一次研制现代小卫星，许多技术问题无从借鉴，但一向重视创新的马兴瑞仍然坚持倡导卫星研制的高起点、高品质，特别在研制中采用了公用平台的概念。

他和同事们研究后认为，根据国内外小型卫星技术的发展趋势和国内应用需要，自主研制开发一个实用型的现代小卫星公用平台大有必要。

卫星公用平台可以根据不同航天任务，进行局部适应性修改，可支持多种有效载荷，构成各类小卫星。既可进行科学实验、新技术试验、对地观测、环境监测、减灾，也可以组成星座，从事通信、导航等业务，具有广阔的应用前景。这个后来被命名为 CAST968 小卫星公用平台的推出，成了"实践－5"号整个研制过程中最浓墨重彩的一笔。

然而研制并不总是一帆风顺的，在进行"实践－5"号的研制过程中，马兴瑞也遇到了很多困难。

在进行力学环境试验中，"实践－5"号卫星的"翅膀"太阳翼有裂损现象，弄得大家心里有点慌。马兴瑞在现场仔细查看后，信心满怀地说：

大家不要担心，这是太阳翼力学环境条件的设置不合理造成的，只要采取有效的办法就可以避免。

然后，马兴瑞带着大家一起分析试验环境和各种数据，最终得出了结论，给太阳翼输入的力学条件比实际的情况大了许多，由此导致太阳翼裂损。也就是说，太阳翼裂损与设计质量无关。后来的整星力学试验，证明了他的判断正确。

1999年春节刚过，马兴瑞他们又遇到了一件不可思议的事。"实践－5"号卫星储存了半年多，储存后再次进行卫星力学振动试验，试验结果令人吃惊不小：卫星的第三阶固有频率下降。搞卫星结构的专家认为，这是卫星结构松动或破损造成的。但经检查，卫星结构没有任何毛病，一时大家都摸不着头脑了。

马兴瑞凭借力学方面的根基，提出独到见解：这类卫星的结构系统在储存一段时间后重新进行力学试验时，可能会出现局部频率下降。

经过专家们的讨论，大家对马兴瑞的分析一致认同，随后还得到了国际上文献的印证。这一现象并不影响卫星的质量与发射。消息传出，研制人员悬着的心终于放了下来。

经过刻苦攻关，中国的第一颗现代小卫星就要发射了，马兴瑞他们激动地等待着这一天。

1999年5月10日，"长征－4乙"号火箭将"风云－1"号卫星和"实践－5"号卫星一同送入太空。当"实践－5"号顺利入轨的喜讯传来时，发射现场和卫星测控中心一片欢腾。

马兴瑞和他的研制队伍在这一难忘的时刻激情相拥，击掌相庆。中国的第一颗现代小卫星终于成功了。

"实践－5"号重300公斤，体积为1.2立方米，在距地面870公里的太阳同步轨道上运行。

装有我国自主研制公用平台的小型卫星"实践－5"号，自1999年5月10日升空以来，正常运行90天，圆满完成任务，获得大量数据以及许多成果。

"实践－5"号首次装有我国自主研制的CAST968型公用平台，使我国研制的卫星进入国际卫星的模块化、小型化、集成化基本趋势的行列。

"实践－5"号首次进行空间微重力流体科学实验，观察到低重力条件下的大量未知现象。这是我国第一次进行微重力流体科学实验，在世界上看，也是首次在卫星上实行如此复杂的实验。"实践－5"号在主要任务完成之后，仍将继续留轨，进行其他科学实验。

2002年2月1日，在我国科技界层次最高的奖励大会上，马兴瑞以排名第一的身份与同事们共同获得了2001年度国家科学技术进步二等奖。

做到发射工作零缺陷

2008 年 10 月的晋北高原，秋风已带来阵阵寒意。而在我国的太原卫星发射中心，却是一片热火朝天的景象。

发射试验队的工作人员正在为把"实践 – 6"号卫星送入太空进行积极的准备工作。

"实践 – 6"号 03 组 A 星和 B 星分别由中国航天科技集团公司所属的上海航天技术研究院和航天东方红卫星公司研制生产，卫星上的空间环境探测系统以中国电子科技集团公司为主研制。

两颗卫星的设计寿命均在两年以上，主要替代我国"实践 – 6"号 02 组卫星，进行空间环境探测、空间辐射环境及其效应探测、空间物理环境参数探测，以及其他相关的空间科学试验。

我国的"实践 – 6"号卫星是从 2004 年 9 月 9 日开始发射的，当时发射了"实践 – 6"号 01 组，成功运行两年后，被 2006 年 10 月 24 日发射升空的"实践 – 6"号 02 组代替。这次我国又要进行"实践 – 6"号 03 组的研制发射工作了。

用于发射的"长征 – 4 乙"号运载火箭，由中国航天科技集团公司所属上海航天技术研究院研制生产。这次发射是"长征"系列运载火箭的第一一〇次飞行。

离"实践 – 6"号双星发射只有几天了，火箭虽然未检测出任何质量问题，但整个发射试验队却仍处在紧张的"预想"工作中。

中国航天科技集团公司副总经理袁家军在发射中心反复嘱咐试验队员们，一定要谦虚谨慎，认真查找隐患，确认产品的技术状态，做好发射预案，在"神七"之后再续辉煌。

火箭总指挥翁伟樑说：

> 发射一次就像经历一次高考，今年我们要考三次。要确保每一次成功。一句话，关键是靠大家真正做到严慎细实，以工作"零缺陷"保证火箭"零缺陷"。

"长征－4乙"号火箭技术早已非常可靠，但它在太原卫星发射中心却一"住"就是50多天，是以往发射准备时间的两倍多，创"长征－4乙"火箭之最。这并不是因为火箭出了质量问题，而是另有原因。

这次"长征－4乙"号面临着一个新情况，护送它飞天的是一座9月份刚刚竣工的新发射工位。新工位虽然有很多先进之处，但它在火箭发射试验队进场之初还处于工程验收阶段，能否顺畅地与火箭的各项接口进行匹配，可能产生哪些问题，这都需要他们予以妥善解决。因此，发射试验队提前来到了太原卫星发射中心。

"长征－4乙"火箭发射试验队到达太原卫星发射中

心后，必须完成两个阶段的工作：第一阶段，火箭与新工位合练，检测、改进新工位的相关设施，使新工位的各项设施、接口与火箭更加匹配；第二阶段，正式执行火箭测试和发射任务。

火箭与新工位合练，相当于检测新工位的各项性能，并提出相关改进意见和建议。新工位正在开展工程验收工作，现场如同建筑工地，非常杂乱，这项工作让火箭"两总"系统非常担心。

首先因为箭体在合练过程中容易被磕碰而受损，另外，电气系统测试设备的不完善，也可能会在测试过程中损坏火箭内部器件。这两个问题只要发生一个，后果都将是非常严重的。

面对全新的工位，发射试验队员们做了大量艰苦的工作。8月25日，先期到达太原卫星发射中心的队员们将几吨重、70多米长的电缆运往新工位，成功铺设好，并把地面测发系统全套设备从老工位搬运到新工位。

"长征-4乙"号副总师樊宏湍带领各系统主任设计师参加新工位的验收工作，先后提出了150多项改进意见和建议。火箭运抵发射中心后，发射试验队紧张地开展了与新工位的合练工作。

队员们又为新工位提出了36项改进意见和建议。之后，队员们再将耸立在发射区新塔架上的火箭吊装下来，运回测试区技术厂房，准备进入第二阶段的工作，也就是执行正式的测试、发射任务。

创造辉煌

其间，试验队员们不怕苦，不怕脏，不怕累，面对难题，没有埋怨，没有退缩。来自804所的试验队员熊福宝在检查电缆连接的过程中不慎摔伤了腿，但他轻伤不下火线，坚守岗位。

队员们在转运近500公斤重的中频电机过程中，发挥聪明才智，"四两拨千斤"，使得沉重的"大家伙"很轻松地从老工位转运到了新工位。经过大家努力，地面一体化测发控系统第一次通电和第一次测试均获得成功。

合练是相当艰苦的，可以说一次合练比执行一次发射任务还艰难，因为他们不但要面对许许多多意想不到的新问题，还必须想办法解决它们。

2008年是"长征-4乙"号高密度发射年，这给火箭发射试验队员们带来了巨大的压力。而且，"长征-4乙"年初的首次出征非常成功。火箭总指挥翁伟樑认为，这样容易使队员们出现麻痹大意等不良倾向。

为此，火箭"两总"强调岗位责任到位，杜绝人为失误，不发生低层次问题，充分吸取以前或者其他型号的经验和教训，不放过任何疑点。

10月21日中午，太原卫星发射中心艳阳高照，火箭朝阳的一面温度一度上升到20度，而阴面的温度只有3度，十几度的温差导致火箭轻微倾斜。这个细微的变化立刻被队员们发现了。

尽管大家都知道这是箭体热胀冷缩所致，但这点变化是否会影响发射？如果会，影响有多大？虽然这个现象在其他型号上也出现过，并未对发射造成影响，但队员们还是抓住疑点，马上投入到分析验证中。同时，八院也通过建立数学模型，全面、深入分析其影响。第二天，他们以充分的数据打消了专家组的质疑。

执行这次发射任务的发射试验队人员结构发生了较大变化，队伍中增加了很多新队员，但箭上产品在合练和正式测试发射过程中都没有发生质量问题，这得益于火箭总设计师李相荣经常要求的"工作要做到真严、真慎、真细、真实"的优良作风。

在航天系统内，李相荣的严格是出了名的。火箭与新工位合练结束后，还有新工位为火箭注入推进剂和氧化剂的加注系统没有经过实战考核。发射试验队决定用手动的方式为火箭加注，操作手的经验至关重要。

10月24日8时，发射中心气温为零下6度。为了让发射前的这项工作万无一失，李相荣穿上厚厚的棉袄，爬上发射塔架，指导、监督队员们完成加注工作，前后历时6个多小时。

在"长征-4乙"号发射前夕，上级单位领导慰问发射试验队时高度评价了这次合练。试验队队员深受鼓舞，决心全力为第二天的发射工作进行最充分的准备，保证这次的发射圆满成功。

为了中国的"实践-6"号成功发射，试验发射队队员们进入最后的全面战备状态。他们衷心期盼着第二天的发射一飞冲天。

成功发射"实践－6"号组星

2008年10月25日一大早，各路记者纷纷拥入指定地点，准备为中国"实践－6"号卫星发射做现场报道。因为就在这一天，我国"实践－6"号03组卫星就要发射升空，从而取代2006年我国成功发射的"实践－6"号02组卫星。

在担任"实践－6"号发射任务的太原卫星发射中心里，寒冷无风，一切都在发射人员的紧张有序的工作中进行。湛蓝的天空上，没有一丝白云，开阔的山地间，除了投入工作的车辆、人员以及传来的发号施令声外，几无声息。这是战斗前的准备，在场内观看的记者们也受到感染，感到全身紧张。

8时15分，发射开始进入倒计时状态。随着航天发射工位自上而下，层层打开，"长征－4乙"运载火箭的雄姿渐渐展现在人们的视野中。

10分钟准备……

5分钟准备……

5、4、3、2、1

点火！起飞！

9时15分，伴随指挥员的口令，一声震耳的巨大轰鸣声骤然响起，随之，隆隆声山呼海啸，橘红色烈焰升腾扩散，火箭腾空而起，直冲蓝天，飞向天际。

这是我国航天卫星发射中又一激动人心的时刻，也是太原卫星发射中心为我国航天事业作出的又一个重要贡献。

记者们站在发射工位对面，距离发射现场只有300多米的高处，目睹了这一震撼人心的场面，经历了这一激动人心的时刻。

西安卫星测控中心传来的数据表明，"长征-4乙"运载火箭飞行约11分钟后，"实践-6"号03组A星与火箭分离。继续飞行约1分钟后，"实践-6"号03组B星与火箭分离。两颗卫星均相继成功进入预定轨道。

这次发射的"实践-6"号03组卫星，是太原卫星发射中心新的航天发射工位建成后首次投入使用。这次成功发射，标志着太原卫星发射中心航天发射能力实现新的跃升，综合技术能力已进入航天发射先进行列。

为完成这一国家级重点建设项目，太原卫星发射中心争分夺秒，集中攻关，只用10个月便完成了按常规进度需要一年多才能完成的艰巨任务。这次为圆满完成"实践-6"号03组卫星的发射，他们又先后攻克了十几道技术难关。

终于成功了，基地发射人员都高兴得欢呼跳跃起来。庆祝的鞭炮声在发射场回荡。

9 时 23 分左右，在湖北省竹山县得胜镇八道村上空突然传来四声炸雷般的巨响。村民当时还以为发生地震了，赶快往平坦的地方跑，再往空中一看，一个巨大的东西快速地往前飞去。

接着，一个有办公桌大小的黑色东西坠落在村委会后山上，眨眼工夫，又一个黑色的东西从头顶上空滑过，坠落在村委会前面的一个山沟里，二者相距不到 1.5 公里远。落地时发出很大声响，把地面砸了一个两米多深的大坑，还冒着烟。

12 分钟后，守候在陕西白河县的太原卫星发射中心的工作人员很快赶到了现场。工作人员说，坠落下来的是火箭发动机，坠落的位置与火箭发射前测算的位置一模一样，一点也没有偏差，真是"完美的一坠"。

工作人员通过卫星定位技术，准确记录了火箭残骸坠落位置等数据，并处理好残骸，完成了收回任务。

至此，我国"实践－6"号 03 组卫星的发射任务，已经圆满完成。

研制"实践－7"号试验卫星

2002年8月，我国的"实践－7"号卫星正式立项。

当时有关部门要求"实践－7"号的研制工作必须赶在2005年年中进行发射。根据上级指示，42岁的侯建文担当起"实践－7"号卫星总体及各有关系统的设计、研制、试验、攻关等工作。

那是1983年，侯建文从哈尔滨工业大学自动控制专业毕业后，就进入上海航天技术研究院卫星工程研究所工作。当时，社会上流传着这样一句话，"搞导弹的不如卖茶叶蛋的"，但侯建文仍义无反顾地投身到了航天事业。

别人问为什么，他回答说：

是航天事业吸引了我。

从此，侯建文在航天行业一干就是几十年，在自己的航天生涯中，他一次次地攻克技术难关，一次次地解决卫星总体和卫星有关分系统设计和试验中的难题，终于逐渐成长为一名卫星总设计师。

侯建文在上海航天技术研究院工作期间，首先承担的就是我国"风云－1"号卫星控制系统的研制工作。

根据微型计算机在科研开发中应用日益广泛和深入的趋势，侯建文独立研究开发了用微机进行卫星控制系统的数学仿真、系统设计、软件开发的计算机应用技术，并首次成功地应用于"风云－1"号卫星上，解决了卫星非线性控制和太阳帆板挠性复杂动力学的控制及仿真技术难题。

在研究解决卫星动力学及控制问题中，侯建文针对无推进剂燃料的特殊要求，专门设计了利用磁控制进行卫星姿态捕获和控制的仿真软件及试验方案，解决了卫星从翻滚状态到三轴稳定理论和验证试验问题，为开发卫星的抢救技术奠定了基础，该成果获得国家科技进步二等奖。

在参加"风云－1"号 A、B 两颗卫星控制系统的设计和研究中，侯建文通过潜心研究和反复试验，在国内首次解决了极轨卫星三轴稳定零动量控制的关键技术问题，并获得航天工业部科技进步一等奖。

1990 年至 1999 年，侯建文先后在 509 所和 812 所全面负责卫星姿态控制系统的技术设计、技术攻关和工程研制。当时，"风云－1"号 C 气象卫星正处于研制的关键阶段，该卫星在 A、B 两颗卫星基础上进行了重大技术改进和创新，重点解决 A、B 两颗卫星的技术基础落后、可靠性差、寿命不够长的问题。同时，跟踪 90 年代国际技术水平，使系统在自主化管理与自主化控制技术上有创新，确保 C 卫星在无人维修及空间环境下连续两年稳定运行。

为此，侯建文带领和组织人员专门研究开发了四项比国外同类卫星控制技术更简单、更可靠、精度更高的新技术，同时研究和开发了六项国内同类卫星控制技术上居创新和领先水平的技术。这些关键技术的攻关和突破，为"风云－3"号卫星工程的研制铺平了道路。

2000年，侯建文勇挑重担，负责了"实践－6"号卫星姿态控制系统的研制工作，实现了从一员能征善战、攻城拔寨的"虎将"，到运筹帷幄、决胜千里的"帅才"的转变。他的人生，翻开了新的一页。侯建文又担当起"实践－7"号卫星总体及各有关系统的设计、研制、试验、攻关等工作。

实践系列卫星是国家对地球环境和空间环境等重大决策目标进行探测研究的试验型卫星，要求新、技术难、时间紧、责任大。

特别是"实践－7"号卫星，要求3年就要上天，在卫星研制领域摸爬滚打近20年的侯建文，非常清楚自己作为该卫星的总设计师肩上的担子有多重。

在技术上，"实践－7"号卫星没有预研基础，虽然在立项时有充分的技术论证，但毕竟该星的姿轨控、推进系统、星敏感器是上海航天技术研究院头一次研制，而其有效载荷、稳速阻尼展开机构和大面积对地遥感机构系统都属于国内第一次研制，要在短时间里拿出成果，难度很大。

在时间上和经费上，由于立项紧急，都不很充裕；在人员上，队伍新建，而且相对年轻，经验不足，就连主任设计师队伍中，有近80%的同志没有完整地经历过卫星研制的全过程。此外，还要面对多型号并举、进度质量并重的形势。所有这些难题只有靠自己来解决。

面对困难和挑战，侯建文知难而进，迎难而上。他带领这支年轻的科研队伍，开始了艰苦攻关。自立项以来，侯建文始终全身心地投入到卫星的研制工作之中。他精心主持确定了卫星总体方案、各分系统方案、地面大型试验方案、飞行试验方案等。

为了保证节点进度，侯建文狠抓设计源头，要求设计人员一定要吃透技术、吃透状态、吃透规律，来确保产品方案设计不出现反复，确保研制过程不颠覆。

与此同时，侯建文还给自己约法三章：一是工作日清日毕，当天工作不过夜；二是第一时间赶到问题现场，查找原因不过夜；三是及时处理问题，解决问题不过夜。

就这样，侯建文不仅抓紧每一分每一秒，甚至是"白天不够夜里补"，更别说双休日了。33个月里，他几乎每天都处于高度紧张而忙碌的工作之中，每天都在数个协同研制单位之间来回奔波，每天都要到晚上十一二点才回家。在那一段刻苦攻关的日子里，"今天有事，晚点回来"成了他给家里打电话最惯用的语言。

侯建文全身心地投入、呕心沥血般地付出，其他科研人员都看在眼里、痛在心里，但大家都明白，确保卫星研制成功，才是对他最大的关心、最好的安慰。

就这样，在侯建文和"两总"系统模范表率作用的带领下，整个研制队伍发扬航天精神，通过苦干和巧干，终于使卫星按计划出厂、发射和在轨运行，并按时交付用户。

质量就是效益，质量就是进度，质量就是生命。对待质量，侯建文毫不含糊，总是严格要求各级岗位人员做到以工作质量确保产品质量，并深入基层单位，深入试验现场，指导试验工作，掌控试验的具体情况。他亲自指导每一个产品质量问题的归零工作，甚至为了让问题早日归零，在工作现场连续多天不回家。

在整星热真空试验中，侯建文和研制人员一起通宵值夜班，第二天试验顺利完成，大家回家休息，他却又到相关单位去协调技术问题了。当时，同志们劝他回去休息休息。他却说："看到问题解决了，我的心定了，用不着休息了，而且很兴奋，睡不着。"

为了保证卫星的控制精度，在姿轨控分系统上使用了星敏感器。由于研制经费少，星敏感器不可能从国外进口，而国内又没有小型化的成熟产品。

这种情况下，侯建文为星敏感器的研制论证跑遍了国内有关的高校和科研机构，与设计人员一起论证产品设计方案、元器件的精度和可靠性。

那段时间里，为了取得第一手的试验数据，侯建文经常与课题组成员一起，晚上开上几个小时的汽车，到没有城市灯光的郊外观星，彻夜不眠。

在他的领导下，星敏感器课题小组用不到两年的时间就研制出两套性能、精度满足使用要求的正样产品。

对于严格管理，侯建文有自己的看法，"现在抓得紧、抓得严，今后就干得快、干得易，将来成功就到得早、到得好"。

的确如此，"实践－7"号卫星在初样阶段出现的100多个技术和质量问题，在全体研制人员补课归零以及研究院其他型号队伍的支持帮助下，历经3个月得以全部解决；在正样研制阶段出了10个问题，其中1个问题经过研制人员10天8夜的连续奋战终于得以解决。到发射场后，再也没有出现过一个问题。

严格按照"标准"做，严格按照"程序"办，严格按照"要求"干，不仅提高了产品质量和工作质量，更使研制队伍在边学边干中日趋成熟，逐渐养成了严慎细实的作风。

"出成果、出人才"，是侯建文完成任务的双目标。他一向认为，通过承担和完成艰巨的任务，可以迅速磨炼和锻造一支卫星研制的精兵强将队伍。

"实践－7"号卫星的研制队伍是一支年轻的队伍，平均年龄不到40岁，有干劲、有冲劲、可塑性强，但必须加强引导和指导。在各项大型试验前，侯建文总要和卫星总指挥一起做动员，反复叮嘱，明确各项工作要求；同时通过制定各项规章制度，进一步加强队伍的管理。

一支队伍能否打硬仗、打胜仗，组织纪律性是关键。对年轻人，侯建文总是严格要求。有一次，他在20时到一个单位检查工作，发现本该加班加点负责攻克难关的副主任设计师不在场，他非常生气，便立即通知这位刚进单位两年多的年轻博士赶到单位，并对他进行了严肃的批评。

　　侯建文的严厉，深深震动了年轻博士的心，自此以后，该同志在单位的附近租了一套房子，每天都干到深更半夜，不敢有丝毫马虎，终于为"实践－7"号攻克了许多技术难关。

　　33个月的拼搏，终于使这颗卫星按研制进度出厂，经在轨测试，卫星各项技术性能指标良好。33个月完成一颗卫星从方案设计到整星出厂，这不但创造了上海航天卫星研制周期的新纪录，在国内也不多见。侯建文因此也受到组织的表彰和同志们的赞扬。

　　但侯建文却不认为这是自己的功劳，他说：

　　　是同事支持了我，是组织培养了我，是事业激励了我。

　　侯建文用朴实无华的言语，表达了对航天的热爱，对事业的忠诚，对组织的信任和对团队的友爱。

　　"实践－7"号终于按时出厂了，侯建文激动地期盼着它的成功发射。

成功发射"实践-7"号卫星

2005年7月6日6时40分，酒泉卫星发射中心的天还未大亮，朦胧的晨雾像轻纱一般笼罩着恬静的大地。

突然，沉寂中爆发出轰鸣，如繁密的响鼓震动着人的心神，原本安静矗立于高大发射塔之中的"长征-2丁"号运载火箭，喷出熊熊烈焰，拔地而起，稳稳地托着"实践-7"号科学试验卫星，离开地面。它越来越快，越来越快，宛如刺向苍穹的利剑，直冲云天，在湛蓝的天幕上留下一道优美的弧线。

星箭分离

卫星捕获地球

卫星姿态工作正常

太阳帆板展开，电源系统工作正常

相机打开，有效载荷工作正常

大约12分钟后，从西安卫星测控中心传来的数据证实，卫星被准确送入预定轨道。

成功了，成功了！

在欢呼雀跃、激动万分的人群中，"实践-7"号卫星总设计师侯建文却心潮起伏，难以平静。多少次临难履险，多少次攻关归零，多少次成功失败，多少次徘徊反复，万千思绪化为两行热泪，不由自主地滑过他的面庞。

和侯建文一样激动的还有基地的发射人员，对于这些人来讲，每一次发射都是新的挑战。

"实践－7"号卫星是基地今年发射的第一颗试验卫星，技术新、状态新，且发射窗口只有短暂的几分钟，这对发射试验能力是一次严峻的考验。

基地上下全力以赴，精心备战，采用数学模型融合算法开发出"智能处理软件"，编写了200多个程序，仅编码语句就多达两万多条，终于赶在5月前使系统投入运行。

光电经纬仪是重要参试测控设备，某型号光电经纬仪由于超期"服役"，微机控制系统运转失灵，经常"死机"，严重影响试验任务的完成。为使设备"起死回生"，指挥控制站成立了由黄世军、陈辅锋、刘德明等9人组成的攻关小组。一个多月后，一套10万字的改造总体技术方案和可行性论证方案，顺利通过专家评审。

由于此次任务射向与以往完全不同，雷达测量站根据理论弹道进行跟踪演练时，发现基线塔对雷达设备某个重要时段的跟踪有影响。基线塔体积庞大，不可能移走。他们制定出新的跟踪方案，对中心综合弹道方案和安控信息源做出相应调整。

走进卫星发射场，凡是重点场所、醒目位置，均张贴或悬挂着有关质量建设的横幅和标语。东风电视台天天播放着"质量在我心中"专题节目。"航天发射典型事故警示录"令人触目惊心，广播里的质量格言警句振聋发聩。总之，对于基地工作人员来说，质量就是一切，就是他们事业的根本。

在几十年的科研实践中，中心形成了"三检查、五不操作"，"不带问题转场、不带疑点上天"，"集中控制、分级负责、透明管理、归零处理、表格化控制、阶段评审、回想预想、复核复查"等一系列质量控制方法。今年，基地确立了"零缺陷"的质量管控目标，按照组织指挥零失误、试验文书零疏漏、地面设备零故障、技术状态零失控、测试操作零差错、数据判读零遗漏、试验产品零疑点展开工作。

"千方百计发现问题，千方百计解决问题"，在发射场，抓质量成了每个人义不容辞的责任。他们查找并解决测发、测控、勤务保障系统参试设备故障和问题263个，确保了设备不带问题参试，星箭不带疑点上天。

卫星空运至机场后，还要经3个多小时的公路运输方能到达发射场。由于戈壁滩昼夜温差大，来往车辆多，导致发射场通往机场的水泥路这里鼓出一个"包"，那里凹下一个坑，多处破损"毁容"。而卫星十分"娇气"，轻微的颠簸都可能损伤其元器件。勤务站接到"紧急修路"的命令后，迅速出动40多名官兵进行抢修。

炎炎烈日下，施工官兵挥汗如雨，他们先用气割机将"鼓包"处水泥割开，撬至路旁，再用铁镐刨开地基，一点点浇铸水泥混凝土，抹得跟路面一样平。经过一个多月的奋战，终于将长达 73 公里的破损路面"摆平"。

航天发射离不开气象保障。为了确保试验任务的顺利实施，中心气象人员详细统计了发射场 1981 至 2004 年共 24 年间七八月份各类气象要素，重点对夏季高温、降水、雷电、对流性不稳定等进行分析。掌握发射月份气象变化规律，动用雷达、地面电场监测预警系统等先进设备进行危险天气情况观测。每天一次的气象会商全员参加，雷打不动。

由于气象保障有力，不仅确保了火箭、卫星、整流罩转运、吊装安全无误，而且确保了火箭在时间短暂的"金窗口"一飞冲天。

半年多的精心备战，一个多月的团结拼搏，终于赢得了这场开局之战。

火箭腾飞的轨迹，化成了万众一心的理想彩虹；震天的轰鸣，变成了千万双手奏响的凯歌。

测控跟踪"实践-7"号卫星

2005年7月6日，在云南省西双版纳某测控任务场区的专列上，工作人员全身紧张地为即将飞天的"实践-7"号进行积极的测控准备。

这趟专列是西安卫星测控中心某部第二活动测控站，他们是一支常年在不同区域执行卫星测控任务的活动测控站。这个专列不是由十几节车厢组成的火车，而是一列长长、光光的在铁轨上运行的平板车。

平板是由一条一条木板钉在一起的，每节木板的宽度和长度与一般的火车车厢相似，厚大约10厘米。工作人员把一辆辆设备车开上这一列木质平板，固定好，然后挂上一节火车头和两节最老式的绿色铁皮卧铺车厢，专列就成了。

为了迎接这次卫星发射，2005年5月下旬，活动测控站的人员和设备就从驻地陕西省出发，乘坐专列来到了美丽的西双版纳。

对于固定测控站而言，设备是固定在房间里的。而对于活动站来说，所有的设备都是车载的，车子和设备是一体的。车子开到哪，设备就跟到哪，工作也就开展到哪。

既然有固定测控站，为什么还要这些全国各地到处

072

跑的活动测控站呢？原来固定测控站的设备是有一定的工作范围的，而卫星发射时，进入我国国土的某一小块区域是固定测控站的雷达设备跟踪不到的。在这小块区域中，指挥中心就会和卫星失去联系，卫星就会处于失控状态。

所以，每次发射卫星，都需要派出活动站到这块区域中的某个点去执行卫星的测控任务。

一位技术人员说："每次卫星的类型和运行轨道不同，所以卫星发射时我们活动站要去的地方也不一样。"

专列出发是在 5 月下旬的一天下午，15 时整，载着 26 辆设备车的专列鸣着响笛，缓缓开动了。执行任务的女技术人员看着窗外送行的爱人都在抹眼泪，只有一个孩子刚 1 岁的女技术人员带着一丝苦笑说："我才不哭呢，我半年不用管孩子了。"

这是西安测控活动站第一次到云南执行任务，然后还要去新疆，执行这次任务大概需要半年时间。

漫长的旅程开始了。

因为任务的重要性和设备的重要程度，这趟专列被定为 3 级专列，也是专列中级别比较高的，一路上每次停车，当地的铁路公安部门都会派警力保护专列的安全。

每到一个车站，就有一位姑娘指挥着车队运行。随着一声声清脆的口令，一辆辆设备车有序地驶上月台。这个拿着步话机的姑娘名叫白庆华，大家都叫她小白，是活动站的作试参谋。

清爽的短发，白净的脸庞，清秀的眉目间透着一股英气，站在偌大的车站空场上的白庆华，总是让人眼前一亮。那种挥洒自如、指挥若定的气度更给她增添了一种别样的魅力。

2001年白庆华从装备指挥技术学院毕业后，就来到了西安测控中心活动站工作。高考那年，该院在陕西只招3个女生，小白以优异的成绩考进了这个学院。小白说："我从小就想当兵，觉得女孩子穿军装特别精神，就报了这个学院。"

2002年5月，站里把小白安排到作试参谋的位置上，小白"当时心里特别高兴"。但真干起来，她才觉得不是那么容易。小白说："女孩子都不想出头露面，但是当一个作试参谋你必须要在很多人面前指挥、喊口令，指挥年龄比我大的战友，那时候觉得特别不好意思。"

没过多久，胆怯就在小白身上烟消云散了，"既然干了这个就不能怕"。

她对于作试参谋这个职位，也逐渐有了个人心得。小白认为这个职位简单归纳起来就是"上传，下达，也可以说是组织、计划、协调"。作试参谋做事情绝对不能有半点含糊，任何一个环节没想到，都可能带来严重的后果。怕说："你脑子里要装着所有的事情，你必须把所有的问题都联系起来。"

2004年活动站去新疆执行任务，3个作试参谋每天三班倒，每个人一天只能睡6小时，而且是凌晨、中午、晚上各睡两小时。

回忆起那段日子，小白还直皱眉摇头："真是太痛苦了！""让睡你就得睡，说起就得起。而且，我还要负责吹起床哨把大家都叫起来，所以每次都要起得比别人早，有时候觉得真受不了。"

有人问小白，你觉得作试参谋这个工作适合女孩子干吗？"不适合！"小白斩钉截铁地回答，"太辛苦了，我经常觉得自己的体力跟不上。"

一边说"不适合"，一边还照样把工作干得呱呱叫。活动站政委提起小白就跷大拇指："小白，绝对没得说，多好的姑娘！"

在连续几年的时间里，这个活动站每年都要有半年在外面执行任务，而且中间根本没有回家的时间。谈恋爱成了困扰青年干部的重要问题。

16 号设备车上的一个小伙子说："我这次出发前几天，女朋友刚给我打电话提出分手。人家说你一走半年，我遇到个困难根本找不着人。"说这些的时候，小伙子一脸苦笑，"那怎么办呢？人家姑娘说的是实话。上次我们执行任务，她屋里的水管坏了，水流了一地，她一点办法也没有。后来我回来，她和我说这件事的时候，我心里也觉得特别难受。"说完这句话，他把脸转了过去，可以想象他心中的痛苦。

一个技术员还说，去年队里就有 4 个小伙子因为要长时间出来执行任务，和女朋友吹了。

正因为如此，活动站里，夫妻同事就特别多。这次参加任务的 20 个女干部里，就有五六人的丈夫在本单位。但是，每次执行任务，夫妻两个能一起出来还是极少数。

其实，活动站真正执行测控任务的时间并不长。每到卫星正式发射时，活动站负责测控卫星、发送指令的时间最长也不过十来分钟，最短的也可能就只有一两分钟。

可是要算上出发前的准备时间，路途上和模拟演练的时间，为了一次区区几分钟的卫星测控任务，活动站却要花费数月的准备时间。

4 天的铁路行军结束了，西安测控活动站终于来到了云南玉溪。

但这还不是目的地，这只是表明铁路行军结束了，而更为艰苦的公路行军就要开始了。战士们要把这些设备车从玉溪开到勐海，其间要翻过数座大山，经过几十公里的石子路。

早上，云南的天气还比较宜人。可好景不长，越走太阳越大，车外的温度也随之上升，一些设备车驾驶室的气温高达 45 度，有些设备车的速度明显减慢，跟不上队伍了。

一个指挥车队的干部说："12 号车趴窝了！"

只见 12 号车的驾驶室里冒出一团雾气，司机和跟车的干部都是一脸的汗水。"天太热，水箱开锅了！"虽然在这次出发前，队领导已经根据云南的天气条件给每辆车的驾驶室增加了一个水箱，保证在路途中给发动机及时降温，但问题还是没能避免。

太阳像火球一样炙烤着地面，技术人员顶着酷热迅速抢修。走走停停，车队终于在 21 时到达边城重镇思茅。

第二天出发没多久，活动站的工作人员又见识了西双版纳反复无常的气候：刚才还是晴天丽日，而后瓢泼大雨又忽然而至。特别是遇到了最难走的石子路，暴雨裹挟着泥土沿着山路流下来，路上一片泥泞。车队小心翼翼地在又湿又滑的石子路上行驶，每个拐弯都不敢有丝毫的马虎。

暴雨过后是炽热的太阳，车里热得像个蒸笼。经过高温和暴雨的考验，车队在 17 时到达了目的地勐海。

这时离卫星正式发射还有一个月零 5 天，大家却不敢有丝毫懈怠，因为真正的挑战还在后面。

直到 7 月 6 日"实践－7"号成功入轨，大家脸上才露出了欣慰的笑容。

活动测控站又出发了，又一场考验在等着他们呢！

迎接"实践－8"号星安全返回

2006 年 9 月 24 日 10 时 43 分，我国的"实践－8"号卫星在太空成功运行 15 天后，回收舱就要返回地面。

这是我国航天育种历史上具有划时代意义的重要时刻。

"实践－8"号是我国第一颗以空间诱变育种为主要任务的返回式科学试验卫星。9 月 9 日 15 时，它在酒泉卫星发射中心乘坐着我国"长征－2 丙"号运载火箭，成功进入预定轨道。

9 月 24 日一大早，卫星回收空中搜索分队和技术处置小组，从成都市区出发，开始执行回收任务行动计划。由于大雾，大家只好调整原来分乘 4 架直升机前往回收空域的计划，留下部分队员乘直升机执行空中搜索任务。

10 时 20 分，大部分搜索处置人员乘汽车赶到四川省大英县旅游区中国死海的停车场待命。十几分钟后，第一架直升机赶到停车场，载着几名队员腾空而起，前往空中搜索。

片刻，行动小组的对讲机里传来急促的呼叫：

发现目标！

回收舱落在一块稻田里！

测绘队员拿出地图测量后告诉大家，落点离我们停车场不远。随后，空中搜索队员登上赶来的直升机飞往回收舱落点。由于是丘陵地带，直升机只好降落在山头一块较为平坦的红薯地里。

搜索处置人员等不及搭舷梯就跳下直升机。

在当地村民的带领下，搜索处置人员冲下山坡，在乡间小路上奔跑，于 10 时 48 分在大英县八里乡的一个村子里找到了回收舱散落件，降落伞舱舱盖。之后，大家又赶紧从田间小路往回跑，中途搭上一位村民的摩托车，于 12 时抵达回收舱落点。

落点现场引起了许多村民的围观，四川省大英县八里乡上捻村 8 社的农民刘光泽说："当时'砰'的一声，就像放大炮，吓了我一大跳。上面早就打了招呼，说我们村在卫星降落区域内。还真巧，它就落在我们村刘德泽家的稻田里。"

回收舱落点在稻田的一个角落，紧挨着一个水坑，离村子不到 20 米。回收舱的表皮在穿越大气层时被烧成了黑色，红白相间的降落伞散开铺在水稻上格外鲜艳。

阴沉的天气挡不住大家的好奇。现场很是热闹，村民围了个里三层外三层，许多人用相机、手机拍照，天空中燕子也不时飞舞助兴。

工作人员很快拉起了警戒线，西安卫星测控中心技术员架起卫星通信设备，向北京中心指挥所传输现场动态。中国航天科技集团公司中国空间技术研究院负责育种卫星试验的专家，忙着指挥现场处置。

由于当地当年大旱，稻田里没水，技术人员开展工作非常方便。他们熟练地打开断电窗口对回收舱断电，保护好无线电信号发射天线，收起降落伞。

专家在现场观测、处置后兴奋地说：

回收舱状态良好，回收圆满成功！

大家及时将回收舱移到了便于直升机吊运的地方。回收舱将稻田砸了一个直径95厘米、深21厘米的圆坑。

12时53分，直升机吊起回收舱飞往成都机场。技术人员在机场再次对回收舱进行处置。

从北京赶来的中国农科院副院长刘旭和中国农科院作物科学研究所副所长齐秀改、中国农科院航天育种中心主任刘录祥在机场恭候。当他们看到卫星回收舱时，脸上露出了开心的笑容。

2006年9月25日17时27分，中国空间技术研究院的专家开始在成都机场分解回收舱。

一打开底盖，用特殊材料制成的隔热银白色保护层立即发出耀眼的光芒。

组装卫星十分艰难，分解卫星也不是一句话的事。技术人员花了将近两个小时，才小心翼翼地将回收舱二平台和降落伞舱成功拆下。虽然已经是秋天，大家一个个还是忙得满头大汗。

二平台打开后，技术人员从二平台的下表面取下两包种子，从二平台的上表面取下 13 包种子、两箱菌种，共计 68.659 公斤。还有更多的种子装在回收舱一平台，要等专机将回收舱运到北京后再拆取。

中国空间技术研究院育种卫星试验负责人说：

> 这颗卫星共载有 214.8 公斤种子，我们设计的舱内温度是 20 度左右，绝不会损害种子。

其实，中国的农作物空间搭载试验从 1987 年就开始了，在这将近 20 年的时间里，我国利用返回式卫星先后进行过 13 次 70 多种农作物的空间搭载试验。主要用于航天育种、为农业服务的"实践－8"号卫星搭载种子上天尚属首次。

航天育种项目是国务院批准立项的重大项目。实施航天育种工程，将为我国科学家探索农作物空间诱变育种机理、全面选育农作物新品种，提供崭新的技术平台。

辛勤耕耘终于带来成功的喜悦，"实践－8"号航天育种卫星终于成功返回。它的返回，将引领科技人员跨入航天育种新时代，也为即将到来的国庆和中秋佳节献上了一份厚礼。

9 月 26 日一大早，中国农科院航天育种中心主任刘录祥一行就带着在太空遨游过的部分种子，乘民航班机

创造辉煌

赶回了北京。

当"实践－8"号回收舱运抵北京中国航天城的时候，迎接它的中国空间技术研究院和中国农科院航天育种中心专家们的脸上，无不欢欣鼓舞，他们激动地说，"实践－8"号终于回家了！

在航天育种专家们的指挥下，"实践－8"号卫星回收舱很快运到了中国空间技术研究院卫星总装车间，然后，大家又小心翼翼地把它安放在检测平台上。

安放平衡后，围绕着它的两院专家们开始兴奋地忙碌起来，中国"实践－8"号回收舱及太空育种的审验工作就要开始了。

回收舱头壳被缓缓吊起，育种容器被调出落地打开。经专家技术人员对容器审验并报告："实践－8"号所搭载的9大类农作物种子、微生物材料数量准确，回收舱内空间环境背景参数测量设备完好无损。一时间，总装车间里响起了热烈的掌声。

至此，"实践－8"号卫星从研制、发射到回收、审验工作圆满结束。

审验工作结束之后，农业部发展计划司副司长隋斌表示：

> 航天技术与农业科学技术的相互渗透，是实现我国农业现代化、繁荣农业经济和农村社会、实现工业反哺农业的重要途径。

举行太空种子交接仪式

9月26日15时，在享誉中外的北京航天城，响起阵阵热烈的掌声，一场别开生面的太空种子交接仪式正在进行。

交接仪式由国防科工委副秘书长陈根甫主持。

国家发改委、财政部、农业部、科技部、航天科技集团公司、中国农科院等有关单位的领导和参加航天育种工程的专家、科技工作者代表参加了交接仪式。

在这个简单的交接仪式上，国防科工委主任张云川代表航天育种卫星工程总体负责部门，将"实践－8"号卫星返回农作物种子，郑重地交付到农业部部长杜青林手中。

当两个人的手紧紧握在一起的时候，台下爆发出经久不息的掌声，闪光灯也跟随着他们俩闪烁不停。

这个简单而隆重的交接仪式的举行，宣告我国第一颗育种卫星"实践－8"号的使命胜利完成，航天育种工程进入地面选育阶段。

在交接仪式上，国防科工委主任张云川说，组织实施航天育种工程，不仅为我国农业科学家探索农作物的空间诱变育种机理、全面选育农作物新品种提供了一个崭新的技术平台，而且是航天技术与传统产业结合的新尝试，也是航天技术服务于社会主义新农村建设的重大举措。

张云川同时指出，发展具有我国自主知识产权的航天育种技术乃至空间生物产业，对于继续保持我国在该领域的国际领先地位，提高航天技术更好地为农业生产服务的能力，促进我国农业的可持续发展具有重要意义。

农业部部长杜青林表示，航天育种技术作为航天技术与农业育种技术相结合的一项创新性研究成果，是快速培育优良新品种的有效新途径。实施航天育种工程，有力地推动了我国农业科技创新与应用，对提高农作物产量、改善农产品品质、保障国家食物安全、促进农业持续健康发展具有重要意义。

杜青林同时强调，航天育种工程的成效，最终要体现在科研成果和农业生产上。

在交接仪式前，中国农科院院长翟虎渠、中国航天科技集团公司五院院长袁家军，还签署了"实践－8"号育种卫星返回农作物种子交付证书。

"实践－8"号返回舱种子回收后，农业部将组织全国94个农业科研院所和大学开展地面育种研究，进行育种筛选，培育高产、优质、高效的优异新品种，进行推广和普及，并利用地面模拟试验装置，深入研究各种空间环境因素的生物效应与作用机理，从而提高空间技术育种效率。

四、 再创新篇

● 曹喜滨教授说："哈尔滨工业大学有着多年的航天基础，加上对小卫星技术现状及发展趋势的了解，抓住了这个重要的机会。"

● 项目组的老师们说："每次归零就像捉迷藏，抓特务。想抓错误时，错误却隐藏起来，怎么也抓不住。"

● 西昌卫星发射中心的领导们说："以前一直以为学校的老师生活比较悠闲，这一次合作让我对高校、对哈尔滨工业大学刮目相看。"

哈工大签订小卫星研制协议

1997 年 10 月，哈尔滨工业大学以强大的科研实力，在国内众多单位参与的激烈竞争中脱颖而出，与国家高技术航天领域"863－2"签订"微小卫星一体化系统总体技术"项目协议，确定进行"立体测绘微小卫星"总体方案论证和关键技术研究。

协议的签订，标志着"试验卫星 1 号"研制工作正式启动。

哈尔滨工业大学之所以能够在众多的竞争对手中争得这个科研项目，与它雄厚的基础和精心的准备分是不开的。

早在 1991 年，哈尔滨工业大学就有了研制小卫星的想法。那时，中国、俄罗斯、乌兹别克斯坦宇航科技研讨会刚刚开过，中国的"921 工程"也正处于启动前期论证阶段。

哈尔滨工业大学抓住这一历史性机会，与俄罗斯萨玛拉国立航空航天大学组织了一个宇航师资培训班，哈尔滨工业大学的许多教师和航天系统的专业技术人员，都参加了这个意义非凡的培训班。在哈尔滨工业大学学习了一年半以后，1993 年这些学员又被派往俄罗斯学习。

小卫星课题组的三位老师曹喜滨、林晓辉和罗文波，都是这个班的学员。林晓辉教授说："在俄罗斯时，我和曹老师、罗老师同住在一个房间里，所以从那时起我们相互之间就非常了解了。"

三个人在俄罗斯的学习和交流，为哈尔滨工业大学后来宇航学科的发展和科研方向的确定以及对航天工程的了解，起到了非常重要的作用。

当时哈尔滨工业大学不仅抓住了师资班的机遇，还对国外卫星发展的趋势进行了深入了解和分析。

哈尔滨工业大学教授强文义后来回忆说：

> 那时我们就了解到，将来高技术小卫星是发展趋势。因为大卫星周期长、风险大、费用高，而且许多大卫星的功能，也可以通过小卫星的组网和编队来实现。按照现代技术发展的要求，小卫星集中了微电子、微机械、微传感器等多个学科方向的关键技术。比如，在大卫星上要放 3 台计算机才能实现的功能，在小卫星上只要一个芯片就可以完全实现了……

结合国际卫星发展的趋势和哈尔滨工业大学的具体情况，学校开始萌发研制小卫星的想法。小卫星是高科技的集中，而学校恰恰是高技术人才集中的地方。

高校的机制和体制比较灵活，也正符合了小卫星研制周期短、风险小的特点，而且哈尔滨工业大学的航天学院是国内建立最早、实力最强的航天学院，哈尔滨工业大学应该在代表高新科技水平的小卫星技术的国际竞争中，充分发挥学校的综合优势，为祖国争得应有的地位。

另外，当时国际上包括英国萨瑞大学在内的一些知名大学，都在小卫星研制领域取得了很好的成绩，也为其他大学研究卫星提供了有益的借鉴。

高校研制小卫星，还有一种理念就是要培养人才，这也是哈尔滨工业大学要介入小卫星领域的原因之一。

通过深入思考和精心组织，哈尔滨工业大学于1995年开始着手小卫星的研制工作。当时学校组织得非常好，从学校领导到科技处负责人，再到课题组具体的老师，都配合得非常好。

马兴瑞、强文义、张华、付强等一批人，对哈尔滨工业大学小卫星的发展起了非常关键的作用。

曹喜滨教授说：

> 小卫星这个项目再次体现了学校领导抓大事的能力和科技处高瞻远瞩的眼光。哈尔滨工业大学有着多年的航天基础，加上对小卫星技术现状及发展趋势的了解，抓住了这个重要的机会。

学校决定研制小卫星之后，原国防科工委曾专门组织人员到学校调查，了解高校如何依靠自己的力量研制小卫星。

1995 年，原国防科工委在北京召开"关于中国研制小卫星"的会议，讨论中国如何发展自己的小卫星。

会上，当其他高校和研究院所纷纷表示支持中国发展小卫星的时候，哈尔滨工业大学却已经先人一步拿出了"关于哈尔滨工业大学研制小卫星的具体方案"。

哈尔滨工业大学教授曹喜滨在这次会议上就这个方案作了报告，当时震动了所有在座的专家。哈尔滨工业大学提出的"高校应该成为研制微小卫星的重要力量"的文章和观点，公开发表后也得到了原国防科工委、"863"专家组以及用户的关注，他们支持哈尔滨工业大学建立一种新的机制和模式，来发展中国的小卫星。

正是由于哈尔滨工业大学在小卫星领域超人一步的计划，所以，其他高校都被甩在了后边。不久，在"211工程"建设项目的支持下，哈尔滨工业大学建立了"小卫星设计、分析与仿真验证一体化系统"，组成了跨学科的研制队伍，踏上了小卫星研制的求索历程。

1996 年前后，英国萨瑞大学的孙伟教授慕名来到哈尔滨工业大学，希望与哈尔滨工业大学在小卫星领域进行合作。但是考虑到引进的卫星无法进行我们国家需要的新技术演示验证，合作条件太高，哈尔滨工业大学最终没有与萨瑞大学合作，而是开始独立自主研制中国自己的小卫星。

从小卫星技术预研开始，课题组的老师们就已经没有了周末的概念。每个星期六，大家自动来到新教学楼的办公室开会，互相学习，讨论技术细节。

林晓辉教授说：

> 因为平时我们都有自己的教学和科研任务，只能利用周末的时间来进行交流和探讨，从此养成了在办公室过周末的习惯，以至于到后来即使周末有时间休息，大家反倒不习惯了，总想到办公室去。

后来，当人们翻开哈尔滨工业大学小卫星课题组的文档时，可以看到许多签字时间都是在深夜或凌晨，这些时间，记载了一段哈尔滨工业大学小卫星研制的感人历史。

当时，中国的小卫星事业刚刚起步，要想成功研制集中多项高新技术的小卫星，并将其顺利送入太空，无疑是一项难度极高的工程任务。

要把这个任务让高校的科研人员自主来完成，很多专家和相关部门对此纷纷提出了质疑：高校教师来研制小卫星能行吗？主要从事教学科研工作的高校教师能撑起一项重大航天工程的重担吗？

可以说，几乎没有人相信哈尔滨工业大学能够研制小卫星，更没有人相信哈尔滨工业大学研制的小卫星有一天真的能够遨游太空。

哈尔滨工业大学校长助理、航天学院原院长韩杰才教授后来回忆说：

> 因为小卫星的研制需要涉及很多高精尖的新技术，存在一定的风险性，因此能够拿下这项研究任务的确很难，科研人员们面临的阻力也很多。

虽然说哈尔滨工业大学已经做了足够充分的准备，并且在某种程度上做到了心中有数，但毕竟自主牵头研制小卫星在高校是个先例，很多人心里都没底。

在这样的情况下，学校和科研人员调动各个领域的精兵强将，组成了一支"特别能战斗、特别能攻关"的小卫星研制队伍，并做了全面充分的技术准备，最终争取到了"863"项目的全力支持，开始了艰难的攻坚之旅。

再创新篇

哈工大研制小卫星

中国小卫星"试验卫星 1 号"项目启动以后，哈尔滨工业大学根据卫星七大分系统的要求，精心组织校内总体结构、自动控制、计算机软硬件、信息与通信工程、测量、精加工、新材料、新能源、工程力学、微电子等学科的教师和科研人员，组成了统一建制学科交叉融合的研究队伍。他们凭借扎实的理论基础和精诚合作的团队精神，开始了微小卫星一体化系统总体技术的研究。

小卫星的研制涉及很多高精尖的新技术，哈尔滨工业大学的科研人员顶着巨大的压力，凭借着坚定的决心和不服输的信念，联合了校内外各个领域的精兵强将，全身心地投入攻坚。

经验少，就抓紧时间学习、交流、切磋，查阅大量的资料填补自己的知识和工程经验盲区；技术难度大，就花别人两倍甚至数倍的时间去反复研究、反复试验，力求创新，另辟蹊径；系统庞大、协调工作繁杂，他们以一当十，每个人都承担着多个角色。

卫星所所长曹喜滨教授说：

> 这个集体最可贵的是合作精神，我们这个工作缺了哪一个人都不成，每个人都克服了很

多困难，在自己的岗位上付出了很多。

研制期间，总有些人来人往。因为小卫星项目虽然立了项，可是前途到底怎样，没人知道。进行研制的人员都在探索，在尝试，在黑暗中寻找着光明的痕迹。值得庆幸的是，怀着同样坚定信念的人留了下来，又有怀着同样热情的人加入了进来，小卫星研制工作在一波三折中走得艰辛而顽强。

曹喜滨教授说：

> "863"项目是滚动式发展的，按每一个阶段的成果来支持下一步的工作。当时我们是做一个总体方案的论证。如果论证做不好，可能就无法继续走下去了。
>
> 我们小卫星研究的功臣，像强文义教授、杨涤教授、张武祖教授等，都参与了那个阶段的论证工作。我们用了大概8个月的时间，完成了总体方案的论证。

1998年7月7日，对哈尔滨工业大学小卫星研制组来说，是一个具有历史意义的日子。由"863计划"航天领域专家委员会首席科学家闵桂荣院士、屠善澄院士等5位院士和国家有关部委领导，以及清华大学、西北工业大学等单位的多位专家，组成国家高技术专家委员会，在哈尔滨工业大学主持召开了"立体测绘微小卫星总体方案论证"评审会。

与会专家通过审查总体方案，观看系统仿真和实物演示，经过充分论证，一致认为：总体方案技术指标先进，切实可行，满足了用户需要；研制组采用国际先进技术和设计手段，充分发挥研制单位的优势和已有成果，创造性地建立了基于高新技术基础的微小卫星设计和运行管理的新模式，突破了高精度、高稳定度姿态控制以及基于分布式网络和容错技术的全自主星务管理等关键技术。专家们一致同意，转入总体方案的技术设计阶段。

闵桂荣院士说："评审会有内容，有深度，是我这几年参加的其他评审会所不能相比的。""先进的技术一定要上，要知难而进，推动我国小卫星事业发展。"

屠善澄院士说："方案采用的全新的设计技术和运营机制，值得在航天系统推广。"

清华大学周教授说："技术难度大，指标先进，论证充分，目标明确，方案可行。"

专家们的高度评价，给全体研制人员以极大的鼓励，为小卫星转到后续的技术设计奠定了基础。

评审会后，学校没有利用评审会的结果大力宣扬，扩大影响，仍然坚持哈尔滨工业大学优良的科研工作作风，埋头苦干，努力拼搏，把精力集中在高水平地完成预定的任务上。

为了集中优势兵力，协同作战，1998年10月，哈尔滨工业大学正式成立了卫星技术研究所，这标志着哈尔滨工业大学在小卫星这个国际前沿领域迈出了重要的一步。

研究所成立后，研制组的成员工作更加努力。

在不到 8 个月的时间里，课题组的老师们就顺利完成了小卫星技术设计阶段的工作。1999 年 3 月 17 日，设计通过了国家高技术航天领域 "863 - 2" 专家委员会评审。

专家委员会认为：该项目在现有的各个分系统技术设计的基础上，已具备了转入原型样机研制的条件，可以转入下一阶段的研制工作，并于当年 4 月与哈尔滨工业大学签订 "试验卫星 1 号" 微小卫星研制合同，开始进行微小卫星原型样机和飞行演示星的研制。

"863" 的指导思想是技术创新，这一原则为哈尔滨工业大学在原型样机技术设计过程中带来很大的约束，包括卫星重量方面的约束，相关配套产品 "布局" 的约束等等。所以，到了初样阶段，研制工作遇到了很多预想之外的困难。

同时，由于课题组的老师们第一次搞这样的大工程，在校内外各单位协作方面没有经验，也受到很大的困扰，有时这种困扰甚至超过了技术攻关所带来的挑战。不过，经过大家共同努力，到 2000 年 12 月，卫星原型样机研制工作顺利完成。

2001 年 5 月 11 日，"试验卫星 1 号" 原型样机转入飞行星研制阶段的评审会在北京召开。在紧张热烈的气氛中，与会的专家、领导对小卫星总设计师曹喜滨教授的《原型样机研制工作总结报告》和《飞行星设计报告》进行了深入细致的评审。专家们还抓紧点滴的时间，为小卫星出谋划策。

评审委员会认为，"试验卫星1号"微小卫星完成了原型样机的研制，并进行了整星的电性能的测试、热真空和振动等环境试验，试验结果证明其设计正确、技术可行，对出现的问题已归零，具备了转入飞行星研制阶段的条件，一致同意：

"试验卫星1号"立体测绘微小卫星转入飞行星研制阶段。

闵桂荣院士再次称赞哈尔滨工业大学与合作单位能够在时间紧、任务重的情况下，团结协作，共同攻关，并如期完成任务。

为了使卫星顺利进入正样飞行阶段，小卫星课题组做了大量准备工作。他们在评审会前一个月就通过了各分系统设计评审会，在北京的预评审会上广泛听取专家意见。他们制订出飞行星研制进展计划，与运载系统、发射系统、测控系统和地面应用系统等方面进行了协调。

小卫星项目的总指挥、哈尔滨工业大学原副校长王祖温说："几年来课题组人员很辛苦，工作做得很好，但飞行星阶段的工作更为艰巨，希望大家继续发扬团结协作的精神，争取最后的成功。"

专家组成员强文义教授强调："哈尔滨工业大学具有航天专业优势，有责任肩负起这条探索之路，小卫星的研制任务今年担子更重、责任更大，到了正样飞行阶段，也到了最艰苦的阶段，绝容不得一丁点儿差错。"

哈尔滨工业大学的这个卫星研制项目具有其自身的特殊性，原来它只是"863"的预研项目，后来转到演示验证项目，真正转移到了主战场。相应的管理模式也由"863"的专家管理模式变成了完全的系统工程管理模式，这是一个大的转折。

为了保证项目的顺利进行，2001年6月6日至7日，在北京组织召开"试验卫星1号"演示验证卫星航天工程第一次大总体协调会，大会审定了项目研制建设的计划和进度，讨论协调工程五大系统间的相互要求、接口关系以及大型试验安排。

2002年1月16日，确定研制生产并发射"试验卫星1号"立体测绘小卫星，进行在轨飞行演示验证，并进行立体测绘应用。

2003年4月3日，"试验卫星1号"演示验证卫星航天工程问题协调会在北京召开，协调会明确了工程研制建设的总体计划和安排。

正当大家刚刚感觉到拨云见日、曙光乍现的时候，一场突如其来的"非典"袭击了北京，袭击了华夏大地。

当时还在北京的哈尔滨工业大学教授一方面担心疫情的蔓延，一方面又要担心卫星的进度，真是备感煎熬。

按照原来的计划，2003年秋季就要发射这颗小卫星，可是突然"非典"就来了，由于合作单位不能进入北京进行联合测试，本来想在"五一"前完成的任务也完成不了。照这样下去，发射工作就要被迫推迟了。

为了尽量不耽误工作，哈尔滨工业大学的教授们不等"非典"结束，就坐上了回哈尔滨的飞机。当时，大家的心里都特别难受，他们真担心这颗小卫星如果不能赶在计划时间内完成，可能就会夭折了。如果那样，这么多年心血岂不是白费了。

2004年1月12日，"试验卫星1号"演示验证卫星航天工程第二次大总体协调会在北京召开，会议确定"试验卫星1号"卫星由"长征-2丙"号运载火箭在西昌卫星发射中心发射。

终于，一切差不多就绪了，哈尔滨工业大学的研制人员期待着火箭卫星的评审工作顺利完成，好向发射场进发。

顺利通过卫星出厂评审

2004 年 3 月 5 日，春寒料峭，北京航天城航天协作楼正在举行的"试验卫星 1 号"出厂评审会却开得非常热烈，还不时会爆发出热烈的掌声。

这次会议，由评审组组长、航天科技集团公司总工程师曾庆来主持。

在这次会议上，专家组对哈尔滨工业大学的《"试验卫星 1 号"飞行星研制报告》和《"试验卫星 1 号"飞行星研制质量报告》进行了全面而深入的审议和讨论，并对关键节点问题进行了最后的确认。

经过专家组一丝不苟、认真细致的审核，大家一致认为，哈尔滨工业大学与合作单位能够协作攻关，飞行星已经具备了出厂条件，同意通过评审。

最后，专家代表还预祝哈尔滨工业大学自主研制的这颗卫星取得圆满成功发射。

评审会现场爆发出经久不息的掌声。

终于顺利通过了评审，这可是哈尔滨工业大学项目组心血的结晶啊，他们为了迎接评审工作，在航天城度过了一个又一个不眠之夜。

哈尔滨工业大学教授王本利说：

从进入航天城以后，大家就披星戴月地工作。当天气渐渐从严冬中走出来，才发现竟没有带春天的衣服，于是回家取了些衣服，又匆匆赶回北京。

为了迎接出厂评审，为了使卫星"不带问题进场，不带问题上天"，小卫星项目组的每一位成员以实验室为家、以北京空间中心为家、以航天城为家，真正的"家"倒只能常常出现在梦里了。

为了解决一个丢失的数据，项目组成员两三个月埋头苦干，从5时干到24时是家常便饭，有时甚至要72小时连续进行故障复现。

项目组的老师们说：

每次归零就像捉迷藏，抓特务。想抓错误时，错误却隐藏起来，怎么也抓不住。

2004年3月11日，在哈尔滨工业大学邵馆第四会议室，举行了小卫星发射前出征动员大会。

在这次大会上，小卫星总设计师曹喜滨教授用凝重的语气向学校领导说出了课题组成员们最担心的问题。他说：

我们唯恐辜负了哈尔滨工业大学师生多年

来的热切期望，影响了学校的声誉；唯恐辜负了航天专家们多年来的支持和校友们的关注……怕我们这么多年来的心血付之东流，没有办法给学校、给大家一个交代……

时任校党委书记的李生笑着说："学校对科研项目的原则一向是鼓励成功，宽容失败。成功了你们都有功，失败了责任不在你们。"

话虽这样说，然而课题组每一个人心里都清楚，小卫星不仅仅是一个科研项目、一个科研成果，更是哈尔滨工业大学的一个声誉所在、形象所在，甚至可以说，它的成功与否，将决定着哈尔滨工业大学今后的走向。所以，只能成功，不能失败。

多少年来，这份责任感，这份使命感，沉甸甸地压在大家的心里。是压力，也是动力，更是一种信念，支撑着大家在风风雨雨中从没有停止跋涉的脚步。

自从有了小卫星，课题组成员花在办公室和实验室的时间比在家里多，在外地出差的时间比在哈尔滨的时间多，陪伴卫星的日子比陪伴孩子的时间多。

老师们把所有的家庭重担都交给了自己的家人，用卫星所刘丽霞老师的话说："别人家是父亲到学校里接孩子，而卫星所的老师却是孩子到办公室接父亲。"因为他们常常为了工作忙得忘了回家。

长期出差是老师们生活的主要内容，有时一年有大半年的时间在出差，然而去的地方却最少，不是在北京，就是在去北京的路上。

北京的同行常常开玩笑：

你们这是没走，还是又回来了？到底哈尔滨是家还是北京是家啊？

何处是家？对课题组的老师们来说已经不再重要。

重要的是，终于迎来了这一天，哈尔滨工业大学自行研制的小卫星就要进发射场地了，也就是说，它离飞天越来越近了。

护送卫星进入发射中心

2004 年 3 月 20 日，"试验卫星 1 号"试验队的成员，怀着庄严而神圣的心情，把他们 6 年 6 个月心血的结晶"试验卫星 1 号"及地面测试设备、工装等，小心翼翼地装上即将西行的"长征 – 2 丙"号运载火箭专列。

押车的罗文波教授和空间技术研究院的几位老师傅作为"护星使者"，护送着他们的小卫星一路翻山越岭，日夜兼程，向西南行驶。

这时，航天学院党委书记王军带领航天学院、科技处部分人员作为先遣部队，已从哈尔滨出发，提前到达了西昌卫星发射中心，开始了发射前的各项准备工作。

进入青山碧水的西昌卫星发射中心，"试验卫星 1 号"试验队也就进入了全面备战的状态。招待所的房间，既是卧室又是工作室，灯光常常亮到深夜甚至凌晨。

大家仍然是行色匆匆，脚步中总是像风一样带着小跑。试验队一丝不苟地按照卫星发射场区技术流程展开了紧锣密鼓的全面测试工作。大家团结协作，全力以赴，把工作具体到每个岗位、责任落实到每个人、检查细化到每个环节，使全部测试工作紧张有序地进行，大家都在为实现零故障、零缺陷和零失误做最大的努力。

西昌卫星发射中心主任李尚福和党委书记刘克仁等

一行来到招待所慰问试验队队员们，并转达了李继耐部长对小卫星试验队的高度评价："你们的工作无可挑剔，无懈可击！"

功夫不负有心人，经过13天的团结奋战，试验队顺利完成了卫星在技术场区的全部工作内容，完成了卫星转入发射场区的全部准备工作。

2004年4月7日，"试验卫星1号"转场评审会在西昌卫星发射中心顺利召开。评审组认为卫星已经满足了转场条件，一致同意转入发射场区。

评审组的专家代表说：

到目前为止，你们的工作做得非常不错，基本实现了设备零故障、操作零差错和指挥零失误，在这个良好的基础上，我们一定要把工作做得更细，确保万无一失！

下一步的工作，标准会更高，要求会更严，我们思想上要更重视，作风上要更严谨，操作上要更细致，协调上要更认真。希望大家通力合作，同舟共济，宁愿多说两句话，宁肯多掉两斤肉，也要把事情交代清楚，确保今年第一次发射、确保一箭双星发射圆满成功！

发射前的最后准备

2004年4月9日，专用运输车载着"试验卫星1号"、卫星支架、过渡支架组合体，缓缓驶向发射场区。一路上，吸引了许多人驻足观看。

当所有的仪器都运到发射场后，发射人员开始了紧张的工作。经过了无数次试验的工作人员，早对星箭安装了然于心，不久，就把卫星与矗立在三号发射塔中的"长征-2丙"号运载火箭进行了成功对接。

全场的人为之欢欣鼓舞。

试验队的老师们说："做这颗卫星这么多年，看了多少个日日夜夜，它不仅是我们的一项事业，更是一种情感，就像我们自己的孩子一样。那种感情，真的是特别复杂，特别难以用语言描述。"

发射场区的测试工作全面展开。又是一次次披星戴月，又是一次次献计献策，卫星不起飞，"双想"不停止。"双想"就是故障回想和故障预想，这是为发射做得最充分的准备。

"有时遇到问题解决不了，晚上做梦都在紧张，醒来时发现满头大汗，枕巾都湿了。"哈尔滨工业大学参与研制的老师说。

西昌卫星发射中心的领导们说：

以前一直以为学校的老师生活比较悠闲，这一次合作让我对高校、对哈尔滨工业大学刮目相看。

十八所的徐寿岩，谈起与哈尔滨工业大学老师的合作，滔滔不绝。他说："我经常看到他们在北京一住就是好几个月，家也回不去，每天就是寂寞地不停地工作，但是他们好像从来也没有抱怨过。看他们工作的劲头，我就理解了什么是载人航天精神，我觉得这种敬业精神真的值得我敬佩。"

徐寿岩还说："而且大家在一起，共同经历了这么多年的风风雨雨，一直合作得非常愉快，在各个方面可以互相切磋、互相协调、互相商量。哈尔滨工业大学的老师们，责任心强，理论水平高，待人处世也非常好。这样一路走过来，我觉得十八所和哈尔滨工业大学之间已经建立了一种非常紧密的联系，两个单位具体工作的同志们之间也建立起深厚的友谊，成为很好的朋友，这为以后的进一步合作奠定了非常好的基础。"

发射的日子一天天临近，人们心里的紧张与兴奋也与日俱增。西昌卫星发射中心也日渐热闹起来。

哈尔滨工业大学的刘永坦院士、黄文虎院士、杜善义院士、张乃通院士来了，时任哈尔滨工业大学校领导的李生、王树国、崔国兰来了，原校领导杨士勤、刘家琦、王祖温也来了，校友代表们来了，教师和学生代表们也来了。他们要来西昌见证第一颗由中国高校研制的卫星，他们要亲眼目睹它的成功发射。

时任总装备部部长的李继耐校友以及副部长胡世祥，航天科技集团公司副总经理马兴瑞，也都来到了西昌，他们也要亲历母校卫星飞天的神圣时刻。

当介绍到"长征－2丙"号副总设计师范瑞祥也是哈尔滨工业大学毕业时，有人开玩笑说：

这么多哈尔滨工业大学校友啊，看来发射成功以后，你们可以开一个校友庆功会了！

还有人打趣：

你看，火箭是你们的人设计的，卫星是你们的人研制的，负责星箭测试发射的也是你们哈尔滨工业大学的人，这卫星发射岂有不成功的道理？

一箭双星发射成功

2004 年 4 月 18 日 23 时 59 分，在群山环绕的西昌卫星发射中心，一团火焰腾空而起，随后的轰鸣声响彻云霄。火箭的尾焰照亮了云层，小卫星"试验卫星 1 号"和"纳星 1 号"乘着"长征－2 丙"号，在人们望穿秋水的目光中向着北方浩瀚的太空飞去。

此次"长征－2 丙"号火箭发射共进行了 20 项适应性修改，其中首次开创了往北方向发射的纪录，解决了推进剂防晃和姿态控制系统网络参数调整等问题。星箭分离采用 660 毫米的小包带，增加了二级入轨后，二级箭体处理系统解决空间垃圾问题，GPS 第一次在二级状态使用等多个技术创新，使"长征－2 丙"号火箭这一"金牌火箭"又在其多年的辉煌历史中刷新了自我。

此前，西昌卫星发射中心主要承担地球同步轨道卫星的发射任务，而这次发射的两颗卫星，是这个中心首次发射太阳同步轨道卫星。

以前发射的地球同步轨道卫星都是东南射向，而这次的两颗科学实验小卫星的轨道要求是向北发射。这带来了火箭设计、发射场瞄准、测控等一系列问题。

西昌卫星发射中心在两个月时间里，专门为此次发射建起了一座高 5 层、总面积近千平方米的北射向瞄准间，研制安置了一批具有世界先进水平的新瞄准仪器，并组织技术人员强化技术训练，不断提高新射向火箭瞄准精度，确保卫星准确进入太阳同步轨道。

太空垃圾已成为航天器在太空中飞行的"天敌"。此次火箭发射还引入了太空环保概念，加装了弹体处理系统，即当火箭把卫星送入轨道实施星箭分离后，将利用火箭二级箭体中剩余的推进剂和高压气体二次点火，致使火箭二级箭体被推离原轨道，向低轨方面运行最终重返大气层，箭体最终将坠入南太平洋地区，从而达到处理箭体的目的。

据测算，如果星箭分离后，任由其在太空中漂浮，那么，它将在 600 千米的轨道上飞行 50 多年后才能重返大气层，成为其他航天器在太空中飞行的"危险炸弹"。

这次火箭运送的"试验卫星 1 号"和"纳星 1 号"是两颗基于国家"863"计划项目的高新技术含量大的卫星，涉及许多学科的前沿技术，这些新技术的演示与验证，将带动和促进航天相关技术的发展。

"试验卫星 1 号"是我国第一颗传输型立体测绘小卫星，重 204 千克。这颗卫星主要用于国土资源摄影测量、地理环境监测和测图科学试验。

"纳星 1 号"由航天清华卫星技术有限公司制造。该星在"航天清华 1 号"微小卫星的基础上有所创新，功能密度更大，也是我国自主研制成功的第一颗质量小于 25 千克的卫星，标志着我国在微小卫星这一领域的研究中取得了重要进展。

火箭按预定计划飞行 10 多分钟后，释放了"试验卫星 1 号"；30 秒钟后，释放"纳星 1 号"。

在指挥控制大厅，人们目不转睛地注视着大屏幕上数据的每一次变化。

从西安卫星测控中心传来的测控数据表明，"试验卫星 1 号"和"纳星 1 号"两颗科学实验小卫星已准确进入了各自的预定轨道。这时，西昌卫星发射中心主任李尚福向大家正式宣布：

"试验卫星 1 号"发射圆满成功！

人们欢呼雀跃，掌声雷动。

餐厅里，先期撤离的人们，已经三五成群地聚在一起，一边诉说着自己的所见所闻，一边静待最后归来的曹喜滨教授、张迎春教授等人。当他们的车缓缓地驶来时，来宾们点燃焰火，鞭炮齐鸣，欢迎他们的胜利归来。

4 月 27 日，曹喜滨教授率部分试验队成员从西安归来，受到了师生们的热烈欢迎。他在接受记者采访时，说得最多的两个字就是"感谢"。

时任校党委书记的李生后来说："小卫星这个团队，体现的是一种艰苦奋斗的精神，严谨务实、精益求精的精神，团结协作的精神，目前我们虽然在航天领域具有优势，但也要有危机感，要借着小卫星的大好形势，做好工作，集思广益，加速学校的发展。"

哈工大对卫星实施测控

2004年4月15日，哈尔滨工业大学部分小卫星研制成员开始从西昌转战西安，组成了近10人的小卫星飞控组，开始紧锣密鼓地准备飞控工作。

"试验卫星1号"的测控工作主要由西安卫星测控中心完成，哈尔滨工业大学在测控工作中主要承担给出测控预定程序和基本指令方案的任务，并在出现有关故障时，向测控中心提供预备方案。

从4月16日开始，哈尔滨工业大学飞控组成员们每天随时召开各种技术准备会议，对各种技术数据指标进行最后审核，对小卫星飞行中可能出现的故障给出预案。

工作忙碌而有序，一切都在稳步进行着。

在强文义教授的带领下，飞控组在测控中心坚持集体行动，在发射前确保正常的作息时间，随时举行各种技术准备会议。强文义还要求飞控组成员要注意锻炼身体。在他的带动下，飞控组的年轻人参加了各种锻炼活动，大家一心一意地为测控工作进行着体力上和精神上的准备。

4月17日下午，小卫星已进入待命发射阶段。晚餐时，飞控组成员聚集在一起，议论着从西昌传来的消息。消息说，西昌的庆祝活动定在24时。大家开始议论起西安的庆祝时间，有的说最早也要等到 20 日 4 时，有的说甚至要等到 3 个星期之后。

强文义举起茶杯说：

我们庆祝得最晚、笑得最晚，但一定要笑得最好。

飞控组憧憬着成功后的欢庆，纷纷表示，要努力做好飞控工作，守好小卫星飞控工作的重要岗位。

4 月 18 日 9 时，离发射还有 12 个小时，飞控组进入测控大厅，参加全系统的测控联合演练。

在测控大厅，各测控站的测控对话洪亮清晰，让安静的气氛顿时激荡起来。

哈尔滨工业大学飞控组在测控大厅前排就座，西安卫星测控中心的工作人员也在后排忙碌着，不时走到前排与哈尔滨工业大学技术人员进行技术交流。

经过两次两个小时的测控合练表明，参与测控任务的测控系统运行完好，已为小卫星飞控工作做好了准备。

此时，在西昌卫星发射中心，"试验卫星 1 号"已进入发射塔。在西安卫星测控中心测控大厅，西昌卫星发射架被视频传送到测控大厅屏幕上，在巍峨群山的映衬下，雄壮的发射架拔地而起，正护卫着"试验卫星 1 号"。

4 月 18 日 20 时 30 分，飞控组乘着夜色准时进入测控大厅，西安卫星测控中心工作人员也进入各自岗位。在测控大厅大屏幕上，西昌发射中心发射塔的灯光夜景清晰可见。随着摄像镜头的远近转换和场景转换，西昌发射中心发射前的工作展现出来。

4月18日21时，在测控中心屏幕上，西昌卫星塔已被夜幕笼罩，几束耀眼的探照灯打在发射塔上，使发射塔显得格外神圣壮观。

西安卫星测控中心的同志们也在忙碌着，强文义教授找来了将与卫星交换时所有的数据资料，认真地与徐国栋等人进行最后的审查。由他和徐国栋签字生效的交换文件将送到测控中心测控任务组，成为影响测控任务内容和程序的指令性文件。

4月18日21时46分50秒，西昌卫星发射中心发射塔，运载火箭罩体尝试开始打开。此时，西昌、西安、北京和有关测控单位的测控指挥系统开始启动。

各测控站和测控指挥单位开始有序地报告各自的测控状态和测控系统情况，发射前的紧张气氛开始在测控大厅弥漫，除了测控发令员的声音外，测控大厅格外地寂静。

哈尔滨工业大学技术人员在前排准备着数据统计工作，西安测控中心技术人员在紧张地进行最后一轮的技术准备工作。在测控大厅后的玻璃房内，前来观看"试验卫星1号"发射盛况的领导和嘉宾已在贵宾台前就座，大家正翘首等待着激动人心的时刻。

……5、4、3、2、1！

点火！

起飞！

4月19日零时13分，当西昌卫星发射中心传来发射成功的消息时，西安测控大厅显示屏上打出了"热烈庆祝'试验卫星1号'发射圆满成功"的大字。哈尔滨工业大学飞控组成员开始进入各项飞行控制观测程序。

测控大厅里，各种指令在各个测控站和测控指挥员之间传递：

星箭分离正常！

卫星运行正常，跟踪正常！

……

4月19日1时13分，测控大厅突然响起电话铃声，小卫星总设计师曹喜滨教授从西昌打来电话，询问小卫星的飞行情况。

徐国栋向总师通报了目前的好消息。他说："C和E区都看到了。控制电压情况很好，模式转换得很快，加电情况很好。目前看见的是加电状态，只是温度稍微高了一些。我们将继续跟踪观察！"

此刻，西安卫星测控中心已成为哈尔滨工业大学人关注的焦点，在西昌的技术人员密切关注着飞行控制情况。远在北国哈尔滨的校园，正经历着欢庆发射成功、祝愿飞控胜利的不眠之夜。

进入轨道到第二圈，返回信号测控区最为关键，飞控组成员耐心等待从卫星上传来姿态方面的新信号。

徐国栋说："卫星进入第二圈绕地飞行时，关键在于卫星太阳帆板按正常程序展开，表明卫星运行正常。"

在等待的间歇，飞控组成员调出了各种数据进行对比，与兄弟单位进行交流。

4月19日1时37分，各测控单位相继捕获到小卫星第二圈绕地飞行信号。飞控组人员全神贯注地盯着卫星传送的数据项目：

太阳帆板已经展开！

测控系统正常！

星务系统正常！

自控系统正常！

……

好消息连续传来，徐国栋情不自禁地拍了一下手，一直紧攥着手的顾学迈教授摊开了手掌，手心已是一片汗迹。

"可真是捏着一把汗啦！"顾学迈笑着说，"刚才说自己不紧张是假的。我负责测控系统的研制工作，如果测控系统出现故障的话，整个小卫星的运行正常将是一句空话！责任重大，哪能不紧张啊！"

此时，"试验卫星1号"显示系统显示，卫星运行模式正常进入惯性稳定模式，卫星各分系统工作正常。

当哈尔滨工业大学飞控组负责人耿云海向各兄弟单位汇报这些好消息时，测控大厅里响起一片掌声，人们为小卫星的正常运行而高兴。

飞控组成员对飞行情况进行了分析，通信系统运行正常，星务系统运行正常，自控系统运行正常。大家期待着小卫星第三圈绕地飞行信号能进一步验证小卫星运行情况。

4月19日3时18分，小卫星第三圈绕地飞行信号表明：小卫星已经进入对日三轴稳定模式，卫星姿态建立了稳定姿态。可以确认，小卫星运行情况一切正常，根据前3圈的运行情况，卫星比预计的情况要好。

当小卫星再次飞离测控区时，坐在后排的西安卫星测控中心技术人员纷纷走到前排，向哈尔滨工业大学研制人员表示祝贺，向哈尔滨工业大学表示祝贺！

从4月19日开始，"试验卫星1号"开始进入实验阶段，将对卫星的自主管理和立体测绘等任务进行实验。

"试验卫星1号"研制和发射成功的关键是胜利完成实验任务，交付用户使用，飞行姿态正常和自主管理良好都是基础条件。

4月21日上午，一个好消息让飞控组感到振奋：经过数据处理，21 日从卫星上下传的图像数据已正式成像。看着计算机处理出来的图纸，飞控组决定要进一步展开工作，力争在下午实现立体成像。

在"试验卫星 1 号"的运行过程中，卫星自主管理的优越性让西安卫星测控中心的专家们也深感惊讶。"试验卫星 1 号"集成了多项新技术，其中一半的技术在国内是首次应用。

徐国栋说："当小卫星发射升空后，在空中运行时由于受到了空间环境等方面的影响可能出现异常现象，这就需要通过其在空中自主诊断出哪个部件出现故障，按照科研人员事先设计的故障处理预案及时处理。科研人员通过测控想到各种可能会出现的情况，为小卫星设计编排了七八十条应急处理排除故障的预案。"

在 4 月 21 日下午的测控期间，飞控组下传数据时发现，立体测绘成像可能出了问题。显示系统显示，立体成像数据下传不灵，下传数据含有无法识别的字节。同时，卫星下传数据时而正常，时而不正常。在测控系统捕捉到的时段不正常，在捕捉不到的时段正常。

刚刚活跃的气氛顿时沉静下来，飞控组成员分别进行了多次探讨。

4 月 21 日晚，从西昌赶赴西安的校党委副书记李绍滨、小卫星总设计师曹喜滨等人召集全体研制人员举行飞控工作会议，通报了当前小卫星运行的故障情况，对小卫星立体成像数据问题的处理进行了讨论。

大家从设计思路出发，从各个备用方案的有效性入手，全力以赴以求解决这一新问题。

飞控组最后决定，立即对小卫星测控程序进行梳理，同时启动预案处理突发情况。

4月21日晚至22日凌晨，当小卫星继续在轨飞行时，飞控组对飞控指令进行了调整，当再次发出飞行控制指令时，收到了一切正常的信号。

原来，这次突发事件只是一次技术识别的问题，在简单地调整了一下识别技术后，小卫星立体成像数据顺利下传，显示出了清晰的成像效果。

一夜奋战，凯歌高奏，大家精神振奋，击掌相庆。

4月22日清晨，小卫星正式向地面下传卫星立体测绘图像。

在早餐时，飞控组成员那一张张疲倦的脸上，终于露出了一丝难得的轻松。

从4月下旬开始，小卫星进入了长期管理阶段。哈尔滨工业大学飞控组继续对小卫星进行各项实验任务。飞控组先后对小卫星的测绘实验、自主管理实验等任务进行了实验验证，取得了第一手的实验资料。

2004年7月18日，"试验卫星1号"已绕距地球597公里高的太阳同步轨道运行了1345圈，圆满完成了合同规定的在轨运行3个月的全部实验项目，演示验证任务取得圆满成功，标志着中国小卫星研制取得巨大胜利。

本书主要参考资料

《当代中国的航天事业》张钧主编 中国社会科学出版社

《天路迢迢》李鸣生著 中共中央党校出版社

《炎黄天梦》蔡桂林著 漓江出版社

《天街明灯——中国卫星飞船传奇故事》中国空间技术研究院主编 中国宇航出版社

《中国探月工程总设计师孙家栋传奇：奔月》王建蒙著 当代中国出版社

《跟着"大篷车队"追星去》潘婷等编《中国青年报》

《目击"实践－8"号回家》李永生编《农民日报》

《目击"实践－6"号升空》徐补生编《山西日报》

《创新的奇迹》刘培香编《防务周刊》

《历尽天华成此景》闫明星编《哈尔滨工业大学报》

《壮丽辉煌开局战》王艳梅等编《解放日报》

《忆"风暴－1"号运载火箭首次发射试验》张志勇编《中国军工报》

《"长征－4乙"号火箭成功发射"实践－6"号卫星背后的故事》黄琦编《中国航天报》

《我国第一颗育种卫星圆满完成使命》范学忠编《农民日报》